Iwan Turgenjew

ERSTE LIEBE

Iwan Turgenjew

ERSTE LIEBE

Neu übersetzt und kommentiert
von Vera Bischitzky

C.H.BECK textura

Die Reihe *textura* wurde vom Verlag Langewiesche-Brandt (Ebenhausen bei München) begründet und wird seit dem Jahr 2010 vom Verlag C.H.Beck fortgeführt.

Der Übersetzung liegt zugrunde: Ivan Turgenev, Pervaja ljubov'. Polnoe sobranie sočinenij i pisem v tridcati tomach, Bd. 6, Moskau 1981
Satz: Fotosatz Amann, Memmingen
Druck und Bindung: Pustet, Regensburg
Umschlaggestaltung: Kunst oder Reklame, München
Gedruckt auf säurefreiem, alterungsbeständigem Papier (hergestellt aus chlorfrei gebleichtem Zellstoff)
Printed in Germany
ISBN 978 3 406 72757 3

www.chbeck.de

Die Gäste waren schon lange fort. Es schlug halb eins. Nur Sergej Nikolajewitsch, Wladimir Petrowitsch und der Hausherr befanden sich noch im Zimmer.

Der Hausherr läutete und ließ die Reste des Abendessens abtragen.

«Es ist also beschlossen», sagte er, rückte tiefer in den Sessel und zündete sich eine Zigarre an, «jeder von uns muss die Geschichte seiner ersten Liebe erzählen. Sie machen den Anfang, Sergej Nikolajewitsch.»

Sergej Nikolajewitsch, ein blonder Mann, rund und pausbäckig, sah zunächst den Hausherrn an, hob dann die Augen zur Decke und sagte schließlich:

«Eine erste Liebe, die hatte ich gar nicht, ich habe gleich mit der zweiten angefangen.»

«Wie ist das zu verstehen?»

«Ganz einfach. Ich war achtzehn, als ich zum ersten Mal einem reizenden Fräulein den Hof machte; doch ich tat es so, als sei das gar nichts Neues für mich. Und ebenso bemühte ich mich später auch um andere Damen. Genau genommen habe ich mich zum ersten und letzten Mal mit sechs Jahren in meine Kinderfrau verliebt; doch das ist sehr lange her. Die Einzelheiten unserer Beziehung sind mir entfallen, aber selbst wenn ich mich erinnern würde, wen könnte das interessieren?»

«Tja, dann ist die Reihe wohl an mir?», begann der Hausherr. «Meine erste Liebe ist ebenfalls nicht sonderlich interessant; bevor ich Anna Iwanowna, meine heutige Frau, kennenlernte, habe ich mich nicht verliebt. Alles ging bei uns ganz reibungslos vonstatten: unsere Väter haben die Verbindung arrangiert, wir gewannen einander sehr schnell lieb und sind ohne lange zu zögern die Ehe eingegangen. Meine Geschichte ist mit zwei Worten erzählt. Als ich die Frage nach der ersten Liebe aufwarf, habe ich, ich gebe es zu, auf Sie beide gezählt, meine Herren. Sie sind zwar keine alten, doch auch nicht mehr taufrische Junggesellen. Vielleicht wollen Sie uns eine Freude machen, Wladimir Petrowitsch?»

«Meine erste Liebe gehört tatsächlich zu jenen nicht ganz alltäglichen», antwortete Wladimir Petrowitsch, ein Mann um die vierzig mit grau meliertem schwarzen Haar, etwas stockend.

«Oh!», sagten der Hausherr und Sergej Nikolajewitsch wie aus einem Mund. «Umso besser … Erzählen Sie.»

«Nun gut … oder nein: erzählen werde ich nicht; ich bin kein guter Erzähler: entweder erzähle ich zu trocken und verkürzt oder langatmig und ungenau. Wenn Sie gestatten, will ich alles, woran ich mich erinnere, aufschreiben und Ihnen später vorlesen.»

Zuerst wollten die Freunde nichts davon hören, Wladimir Petrowitsch aber beharrte darauf.

Zwei Wochen später kamen sie erneut zusammen. Wladimir Petrowitsch hatte sein Versprechen gehalten.

Folgendes hatte er aufgeschrieben:

I

Die Geschichte trug sich im Sommer 1833 zu. Ich war damals sechzehn Jahre alt und lebte mit meinen Eltern in Moskau. Sie hatten unweit des Kalugaer Tores ein Sommerhaus gemietet, dem Neskutschny-Park gegenüber. Ich bereitete mich auf die Universität vor, arbeitete aber kaum und ohne besonderen Eifer.

Niemand schränkte meine Freiheit ein. Ich tat, was ich wollte, besonders seit dem Tag, da ich mich von meinem letzten französischen Hauslehrer getrennt hatte, der sich nicht an den Gedanken gewöhnen konnte, «wie eine Bombe» *(comme une bombe)* in Russland gelandet zu sein, und sich tagelang mit verbittertem Gesichtsausdruck im Bett wälzte. Vater behandelte mich mit freundlicher Gleichgültigkeit; Mutter schenkte mir kaum Beachtung, obwohl ich ihr einziges Kind war: sie beschäftigten andere Sorgen. Mein Vater, ein noch junger, sehr gut aussehender Mann, hatte sie aus Berechnung geheiratet; sie war zehn Jahre älter als er. Mutter führte ein trauriges Leben: unablässig regte sie sich auf, war eifersüchtig und ärgerlich, allerdings nicht in Vaters Anwesenheit; sie fürchtete ihn sehr. Er dagegen war streng, kalt und unnahbar … Nie habe ich einen Mann gesehen, der beherrschter, selbstbewusster und gebieterischer gewesen wäre.

Die ersten Wochen auf dem Land sind mir unvergesslich. Wir waren am neunten Mai, dem Tag des heiligen Nikolaus, bei herrlichem Wetter aus der Stadt übergesiedelt. Ich spazierte umher, bald im Park unseres Sommerhauses, bald im Neskutschny-Park, bald vor dem Tor; immer hatte ich auch ein Buch dabei, das Lehrbuch von Kajdanow zum Beispiel, doch ich schlug es selten auf, meist deklamierte ich Gedichte, von denen ich viele auswendig kannte; mein Blut brauste und das Herz tat mir weh – süß und seltsam: ich war ganz zaghafte Erwartung, staunte über alles und war zu allem bereit; meine Phantasie spielte und kreiste um ein und dieselben Vorstellungen, wie Mauersegler in der Dämmerung um Glockentürme kreisen; ich grübelte, war traurig und weinte gar; doch auch durch die Tränen oder die Traurigkeit, die von einem wohlklingenden Vers oder der Schönheit des Abends herbeigeweht sein mochten, brach sich, wie der Grashalm im Frühling, das freudige Gefühl jungen, schäumenden Lebens Bahn.

Ich besaß ein Pferd, das ich selbst sattelte, mit ihm ritt ich weit hinaus, stürmte im Galopp dahin und stellte mir vor, ich sei ein Ritter im Turnier – wie fröhlich mir der Wind um die Ohren pfiff! –, oder ich nahm, das Gesicht gen Himmel gewandt, sein strahlendes Licht und das Blau in meine weit geöffnete Seele auf.

Damals schwebte mir, soweit ich mich erinnere, fast nie das Bild einer Frau oder das Phantom weiblicher Liebe in konkreten Umrissen vor; doch in allem, was ich dachte, in allem, was ich fühlte, barg sich ein halb bewusstes, schamvolles Vorgefühl von etwas Neuem, unsagbar Süßem, Weiblichem …

Dieses Vorgefühl, diese Erwartung durchdrang mein ganzes Wesen: jeden Atemzug, jeden Blutstropfen in meinen Adern … und bald schon sollte es Gestalt annehmen.

Unser Sommerdomizil bestand aus einem hölzernen Herrenhaus mit Säulen und zwei niedrigen Nebengebäuden; im Gebäude linker Hand war eine winzige Fabrik untergebracht, die billige Tapeten herstellte … Oft ging ich hinüber, um zuzuschauen, wie ein Dutzend magerer, zerzauster kleiner Jungen mit verhärmten Gesichtern und speckigen Kitteln auf hölzerne Hebel sprangen, die viereckigen Stempel einer Presse niederdrückten und auf diese Weise mit dem Gewicht ihrer ausgemergelten Körper bunte Muster auf die Tapeten prägten. Das rechte Gebäude stand leer und wartete auf Mieter. Eines Tages – drei Wochen nach dem neunten Mai – wurden dort die Fensterläden aufgesperrt und zwei weibliche Gesichter kamen zum Vorschein. Eine Familie war eingezogen. Ich erinnere mich, dass Mutter noch am selben Tag während des Mittagessens bei unserem Haushofmeister Erkundigungen einzog, wer diese neuen Nachbarn seien, und, nachdem sie den Namen einer Fürstin Sassekina vernommen hatte, zuerst mit einer gewissen Hochachtung «Ah! Eine Fürstin …» sagte, dann aber hinzufügte: «Muss wohl eine arme sein.»

«Sie sind mit drei Mietkutschen gekommen», bemerkte der Haushofmeister, während er beflissen die Speisen servierte, «eine eigene Kutsche haben sie nicht, und die Möbel sind mehr als schäbig.»

«Ja», entgegnete meine Mutter, «aber dennoch etwas Besseres.»

Vater sah sie kalt an, worauf sie verstummte.

Die Fürstin Sassekina konnte tatsächlich keine reiche Frau sein, denn das von ihr gemietete Häuschen war so baufällig, klein und niedrig, dass auch nur einigermaßen Wohlhabende sich dort nie und nimmer einquartiert hätten. Ich schenkte dem damals aber keinerlei Beachtung, denn erst unlängst hatte ich Schillers «Räuber» gelesen, weshalb mich der Fürstentitel nicht sonderlich beeindruckte.

II

Ich hatte mir angewöhnt, jeden Abend mit der Flinte durch unseren Park zu streifen und den Krähen aufzulauern. Seit jeher empfand ich Abscheu vor diesen vorsichtigen, raublustigen und listigen Vögeln. An jenem Tag, von dem ich erzählen will, hatte ich mich wieder in den Park begeben, vergebens sämtliche Alleen durchstreift (die Krähen hatten mich erkannt und krächzten nur abgehackt aus der Ferne) und mich zufällig dem niedrigen Zaun genähert, der *unsere* Besitzungen von einem schmalen Parkstreifen abtrennte, der sich zum rechts gelegenen Gebäude hinzog, zu dem er gehörte. Mit gesenktem Kopf lief ich vorwärts. Plötzlich hörte ich Stimmen; ich schaute über den Zaun und erstarrte … Mir bot sich ein seltsames Bild.

Einige Schritte von mir entfernt stand auf dem Rasen zwischen grünen Himbeersträuchern ein großes, schlankes Mädchen in einem rosagestreiften Kleid und weißen Kopftuch; vier junge Männer umringten es, denen es nacheinander mit kleinen grauen Blumen gegen die Stirn schlug, deren Namen ich nicht kenne, die aber allen Kindern gut bekannt sind: diese Blümchen bilden kleine Säckchen, die mit einem Knall zerspringen, wenn man sie gegen etwas Hartes schlägt. Die jungen Männer boten ihr die Stirn so freudig dar und in den Bewegungen des Mädchens (ich sah es nur von der Seite) lag so viel Liebreiz, sie waren so gebieterisch, zärtlich, spöttisch und anmutig, dass ich vor Überraschung und Freude beinahe aufgeschrien und wohl alles auf der Welt dafür hergegeben hätte, dass diese lieben Finger auch mir gegen die Stirn schlügen. Meine Flinte glitt ins Gras, ich vergaß alles um mich herum und verschlang diese schlanke Gestalt mit den Augen, diesen Hals, die schönen Hände, die leicht zerzausten blonden Haare unter dem weißen Tuch, das halb geschlossene kluge Auge, die Wimpern und die zarte Wange darunter …

«Junger Mann, he, junger Mann», hörte ich neben mir plötzlich jemanden sagen, «darf man fremde junge Damen etwa so anstarren?»

Ich zuckte zusammen und erschrak … Ganz in meiner Nähe stand ein junger Mann mit kurz geschnittenem schwarzen Haar am Zaun und sah mich ironisch an. Im selben Moment drehte sich auch das Mädchen zu mir um … Ich erblickte große graue Augen in einem lebhaften, beweglichen Gesicht, dieses Gesicht bebte plötzlich, begann zu lachen, weiße Zähne blitzten, die Brauen hoben sich amüsiert … Ich wurde flammend rot, hob schnell die Flinte vom Boden auf und lief, von ihrem hell klingenden, doch keineswegs boshaften Gelächter verfolgt, in mein Zimmer, warf mich aufs Bett und bedeckte das Gesicht mit den Händen. Mein Herz hüpfte nur so; ich schämte mich sehr und war zugleich froh: eine nie gekannte Erregung hatte von mir Besitz ergriffen.

Nach einer Weile kämmte ich mich, brachte meine Kleider in Ordnung und ging hinunter zum Tee. Das Bild des jungen Mädchens ging mir nicht aus dem Sinn, zwar hüpfte mein Herz nun nicht mehr, es zog sich aber angenehm zusammen.

«Was ist los?», fragte mich Vater überraschend, «hast du eine Krähe geschossen?»

Ich wollte ihm alles erzählen, beherrschte mich aber und lächelte nur vor mich hin. Beim Zubettgehen drehte ich mich drei Mal auf einem Bein um mich selbst, warum, weiß ich nicht zu sagen, rieb mein Haar mit Pomade ein, legte mich ins Bett und schlief die ganze Nacht wie ein Toter. Vor Tagesanbruch wachte ich für einen Augenblick auf, hob den Kopf, sah mich verzückt um und schlief wieder ein.

III

«Wie könnte ich bloß ihre Bekanntschaft machen?», war mein erster Gedanke, kaum dass ich am Morgen aufgewacht war. Vor dem Tee ging ich in den Park hinaus, hielt mich jedoch etwas abseits vom Zaun und bekam niemanden zu Gesicht. Nach dem Tee lief ich einige Male die Straße vor dem Haus auf und ab und schaute von fern zu ihren Fenstern hinüber ... Hinter einem Vorhang glaubte ich *ihr* Gesicht zu erkennen und suchte voller Angst schnell das Weite. «Aber kennenlernen muss ich sie», dachte ich, während ich planlos auf der sandigen Ebene auf und ab ging, die sich vor dem Neskutschny-Park erstreckte. «Aber wie? Das ist die Frage.» Ich rief mir die kleinsten Einzelheiten der Begegnung vom Vortag ins Gedächtnis: besonders deutlich hatte sich mir eingeprägt, wie sie über mich gelacht hatte ... Doch während ich mich noch aufregte und die verschiedensten Pläne schmiedete, hatte sich das Schicksal bereits meiner erbarmt.

Inzwischen nämlich hatte Mutter von ihrer neuen Nachbarin einen Brief auf grauem Papier erhalten, verschlossen mit einem braunen Siegel, wie man es für Postsendungen verwendet oder auf den Korken billiger Schnapsflaschen. In diesem von Schreibfehlern strotzenden, in krakeliger Handschrift verfassten Brief bat die Fürstin meine Mutter um ihren Beistand: meine Mutter sei, den Worten der Fürstin zufolge, gut mit gewissen einflussreichen Personen bekannt, von denen ihr Los und das ihrer Kinder abhänge, da sie wichtige Prozesse führe.

«Ich wende mich ansie», schrieb sie, «als vorneme Dahme an eine andere vorneme Dahme, und froie mich, die Gelegenhait nutzen zu können.» Sie endete mit der Bitte, meiner Mutter ihre Aufwartung machen zu dürfen.

Als ich zurückkehrte, fand ich Mutter schlecht gelaunt: Vater war nicht zu Hause, niemand, mit dem sie sich hätte beraten können. Der «vornemen Dahme», die ja noch dazu Fürstin war, nicht zu antworten, war ausgeschlossen, wie aber antworten, das wusste Mutter nicht. Eine Nachricht auf Französisch zu schreiben, erschien ihr nicht angebracht, die russische Orthographie beherrschte Mutter allerdings ebenfalls nur mangelhaft, und da sie dies wusste, wollte sie sich nicht kompromittieren. Sie freute sich über meine Rückkehr und beauftragte mich sofort, zur Fürstin hinüberzugehen und ihr mündlich mitzuteilen, dass sie jederzeit bereit sei, Ihrer Durchlaucht, so sie denn dazu in der Lage sei, zu Diensten zu stehen, und sie bitte, sich gegen ein Uhr zu ihr zu bemühen. Die unerwartet schnelle Erfüllung meiner geheimen Wünsche freute und ängstigte mich zugleich; ich ließ mir die Verwirrung jedoch nicht anmerken und begab mich zunächst in mein Zimmer, um eine neue Halsbinde umzulegen und einen Gehrock anzuziehen: zu Hause trug ich gewöhnlich nach Art der Kinder noch immer eine Jacke mit Umlegekragen, obwohl mir das sehr missfiel.

IV

In der engen, unordentlichen Diele der Nachbarn, die ich am ganzen Leibe zitternd betreten hatte, empfing mich ein alter, grauhaariger Diener mit dunklem, kupferrotem Gesicht, verdrießlichen Schweinsäuglein und derart tiefen Stirnfalten, wie ich sie nie zuvor gesehen hatte. Er trug einen Teller mit abgenagten Heringsgräten und sagte barsch, indem er die Tür, die in eines der Zimmer führte, mit dem Fuß zuzog:

«Sie wünschen?»

«Ist die Fürstin Sassekina zu Hause?», fragte ich.

«Wonifati!», rief hinter der Tür eine kreischende weibliche Stimme.

Der Diener wandte mir schweigend den Rücken zu, wodurch die stark abgewetzte Kehrseite seiner Livree mit einem einsamen, verrosteten Wappenknopf zum Vorschein kam, und verschwand, nachdem er den Teller auf dem Boden abgestellt hatte.

«Warst du bei der Polizei?», hörte man wieder die Frauenstimme. Der Diener murmelte etwas.

«Wie? Es ist jemand gekommen?», hörte man wieder. «Der junge Herr von nebenan? Na, dann bitte ihn herein.»

«Bemühen Sie sich bitte in den Salon», sagte der Diener, der wieder in der Diele erschienen war und den Teller vom Boden aufhob.

Ich brachte meine Kleider in Ordnung, betrat den «Salon» und fand mich in einem kleinen, nicht unbedingt ordentlich zu nennenden Zimmer mit kärglichen, gleichsam hastig aufgestellten Möbeln wieder. Am Fenster saß in einem Lehnstuhl, dessen eine Armlehne abgebrochen war, eine Frau von fünfzig Jahren, barhäuptig und unschön, in einem alten grünen Kleid. Um den Hals trug sie ein buntes, billiges Tuch. Ihre kleinen schwarzen Augen bohrten sich geradezu in mich hinein.

Ich trat auf sie zu und verbeugte mich.

«Habe ich die Ehre, mit der Fürstin Sassekina zu sprechen?»

«Ich bin die Fürstin Sassekina; und Sie sind der Sohn von Herrn W.?»

«So ist es. Ich komme im Auftrag meiner Mutter.»

«Nehmen Sie bitte Platz. Wonifati! Wo sind meine Schlüssel, hast du sie nicht gesehen?»

Ich richtete Frau Sassekina die Antwort meiner Mutter auf ihr Schreiben aus. Sie hörte mich an, trommelte dabei mit ihren dicken, roten Fingern auf dem Fensterbrett und starrte mich, nachdem ich geendet hatte, erneut an.

«Sehr gut; ich komme in jedem Falle», sagte sie schließlich. «Wie jung Sie noch sind! Wie alt sind Sie denn, wenn ich fragen darf?»

«Sechzehn», antwortete ich und geriet unwillkürlich ins Stammeln. Die Fürstin zog einige vollgeschriebene, schmierige Papiere aus der Tasche, hielt sie sich direkt vor die Nase und begann darin zu blättern.

«Ein schönes Alter», sagte sie plötzlich, indem sie sich mir zuwandte und auf dem Stuhl hin und her rutschte. «Machen Sie sich keine Umstände, bei mir geht es einfach zu.»

«Etwas zu einfach», dachte ich, während ich mit unwillkürlichem Widerwillen ihre abstoßende Gestalt betrachtete.

In diesem Moment flog die andere Tür des Salons auf und das Mädchen, das ich tags zuvor im Park gesehen hatte, erschien auf der Schwelle. Sie hob die Hand, und ein spöttisches Lächeln huschte über ihr Gesicht.

«Und das ist meine Tochter», sagte die Fürstin und deutete mit dem Ellbogen auf sie. «Sinotschka, der Sohn unseres Nachbarn, Herrn W. Wie heißen Sie, wenn ich fragen darf?»

«Wladimir», antwortete ich, indem ich aufstand und vor Aufregung flüsterte.

«Und mit Vatersnamen?»

«Petrowitsch.»

«Ach! Ich kannte einmal einen Polizeihauptmann, der auch Wladimir Petrowitsch hieß. Wonifati, such nicht weiter nach den Schlüsseln, sie stecken in meiner Tasche!»

Das junge Mädchen sah mich noch immer amüsiert an, kniff ein wenig die Augen zusammen und neigte den Kopf leicht zur Seite.

«Ich habe Monsieur Woldemar schon gesehen», begann sie. (Der silberhelle Klang ihrer Stimme überlief mich wie ein süßer Schauer.) «Darf ich Sie so nennen?»

«Aber ja», stammelte ich.

«Wo denn?», fragte die Fürstin.

Die junge Fürstin gab ihrer Mutter keine Antwort.

«Haben Sie einen Augenblick Zeit?», fragte sie, ohne mich aus den Augen zu lassen.

«Natürlich.»

«Wollen Sie mir helfen, Wolle aufzuwickeln? Kommen Sie mit in mein Zimmer.»

Sie nickte mir zu und verließ den Salon. Ich folgte ihr.

Das Zimmer, das wir betraten, war etwas besser und auch mit mehr Geschmack möbliert. Allerdings achtete ich in diesem Moment kaum darauf: ich bewegte mich wie im

Traum und fühlte eine bis zur Torheit gesteigerte Glückseligkeit.

Die junge Fürstin setzte sich, deutete auf einen gegenüberliegenden Stuhl, nahm einen Strang roter Wolle zur Hand, knüpfte ihn vorsichtig auf und legte mir den Strang über die Arme. Dies alles tat sie schweigend, erstaunlich bedächtig und mit demselben heiteren und verschmitzten Lächeln um die leicht geöffneten Lippen. Sie begann die Wolle um eine gefaltete Spielkarte zu wickeln und sah mich dann plötzlich mit einem derart klaren und raschen Blick an, dass ich unwillkürlich den Blick senkte. Als sich ihre Augen, die meist halb geschlossen gewesen waren, ganz öffneten, veränderte sich ihr Gesicht vollkommen: als sei ein Licht in ihm aufgegangen.

«Was haben Sie gestern über mich gedacht, Monsieur Woldemar?», fragte sie nach einer Weile. «Sie haben mein Verhalten sicher missbilligt?»

«Ich … Fürstin … ich habe gar nichts gedacht … wie käme ich dazu», antwortete ich verlegen.

«Nun», entgegnete sie. «Sie kennen mich noch nicht: ich bin ein seltsamer Mensch; ich möchte, dass man mir immer die Wahrheit sagt. Wie ich hörte, sind Sie sechzehn Jahre alt, ich aber bin einundzwanzig: Sie sehen also, dass ich viel älter bin als Sie, deshalb müssen Sie mir immer die Wahrheit sagen … und mir gehorchen», fügte sie hinzu. «Sehen Sie mich an, wieso sehen Sie mich nicht an?»

Ich geriet noch mehr in Verlegenheit, hob aber den Blick. Sie lächelte, doch es war nicht das bisherige, sondern ein anderes, beifälliges Lächeln.

«Sehen Sie mich an», sagte sie mit zärtlich gesenkter Stimme, «ich mag das … Ihr Gesicht gefällt mir; ich denke, wir werden

Freunde werden. Gefalle ich Ihnen denn?», fügte sie schelmisch hinzu.

«Fürstin ...», begann ich.

«Erstens, nennen Sie mich Sinaida Alexandrowna, und zweitens, was ist das für eine Unsitte bei Kindern (sie korrigierte sich), bei jungen Männern, nicht ohne Umschweife das zu sagen, was sie fühlen? Das sollte man den Erwachsenen überlassen. Ich gefalle Ihnen doch?»

Obwohl es mich sehr freute, dass sie so offen mit mir sprach, war ich doch ein wenig gekränkt. Ich wollte ihr zu verstehen geben, dass sie es nicht mit einem kleinen Jungen zu tun hatte, weshalb ich mich möglichst gelassen und ernst gab und sagte:

«Natürlich gefallen Sie mir sehr, Sinaida Alexandrowna; das will ich nicht verhehlen.»

Bedächtig wiegte sie den Kopf.

«Haben Sie einen Hauslehrer?», fragte sie plötzlich.

«Nein, ich habe schon lange keinen Hauslehrer mehr.»

Das war gelogen; kaum ein Monat war vergangen, seit ich mich von meinem Franzosen getrennt hatte.

«Oh, wie ich sehe, sind Sie schon ganz erwachsen.»

Sie schlug mir sacht auf die Finger.

«Halten Sie die Hände gerade!»

Emsig wickelte sie das Knäuel auf.

Ich nutzte die Gelegenheit, dass sie die Augen gesenkt hielt, und betrachtete sie, zuerst verstohlen und dann immer kühner. Ihr Gesicht erschien mir noch herrlicher als tags zuvor: es war zart, klug und lieb. Sie saß mit dem Rücken zum Fenster, vor dem eine weiße Gardine hing; ein Sonnenstrahl, der durch die Gardine drang, tauchte ihr feines, golden schimmerndes Haar, den jungfräulichen Hals, die abfallenden Schultern und die zarte, ruhig atmende Brust in ein weiches Licht. Ich schaute sie an – wie teuer und nah sie mir war! Es schien, als würde ich sie schon lange kennen, als hätte ich nichts erlebt, nichts erfahren, bevor ich sie traf … Sie trug ein dunkles, abgetragenes Kleid mit einer Schürze; jede Falte dieses Kleides und dieser Schürze hätte ich liebkosen wollen. Unter dem Kleid lugten ihre Schuhspitzen hervor: wie gern ich anbetend vor diesen Schuhen auf die Knie gefallen wäre … «Ich sitze tatsächlich vor ihr», dachte ich, «habe ihre Bekanntschaft gemacht … was für ein Glück, mein Gott!» Vor Begeisterung wäre ich beinahe vom Stuhl aufgesprungen, doch ich wippte nur ein wenig mit den Füßen, wie ein Kind, das heimlich etwas nascht.

Mir war wohl wie einem Fisch im Wasser, am liebsten hätte ich dieses Zimmer, diesen Ort nie verlassen.

Ihre Lider hoben sich sacht und wieder strahlten vor mir freundlich ihre hellen Augen, und wieder lächelte sie.

«Wie Sie mich anschauen», sagte sie langsam und drohte mir mit dem Finger.

Ich errötete …

«Sie versteht alles, sieht alles», ging es mir durch den Kopf. «Wie sollte sie auch nicht verstehen und nicht sehen!»

Plötzlich polterte etwas im Nebenzimmer – ein Säbel klirrte.

«Sina!», rief die Fürstin im Salon, «Belowsorow hat dir ein Kätzchen mitgebracht.»

«Ein Kätzchen!», rief Sinaida, sprang auf, warf mir das Knäuel auf die Knie und lief hinaus.

Ich stand ebenfalls auf, legte die aufgewickelte Wolle und das Knäuel aufs Fensterbrett, ging in den Salon hinüber und blieb verblüfft stehen. Mitten im Zimmer lag ein gestreiftes Kätzchen und spreizte die Pfoten; Sinaida kniete vor ihm und hob vorsichtig sein Schnäuzchen in die Höhe. Neben der Fürstin stand ein blondgelockter, hünenhafter Husar mit rotem Gesicht und hervorstehenden Augen. Er nahm fast die gesamte Wand zwischen den Fenstern ein.

«Wie komisch es ist!», wiederholte Sinaida ein ums andere Mal, «und seine Augen sind nicht grau, sondern grün, und diese großen Ohren. Ich danke Ihnen, Viktor Jegorytsch! Das ist sehr lieb.»

Der Husar, in dem ich einen der tags zuvor gesehenen jungen Männer wiedererkannte, lächelte und verbeugte sich, wobei er mit den Sporen rasselte und mit den Ringen des Säbels klirrte.

«Sie geruhten gestern zu bemerken, dass Sie gern ein gestreiftes Kätzchen mit großen Ohren hätten ... da habe ich eines für Sie besorgt. Ein Mann, ein Wort.» Wieder verbeugte er sich.

Das Kätzchen miaute leise und fing an den Boden zu beschnuppern.

«Es ist hungrig!», rief Sinaida. «Wonifati! Sonja! Holt Milch.»

Ein Dienstmädchen in einem alten gelben Kleid, ein ausgeblichenes Tuch um den Hals, kam mit einem Schälchen Milch zurück und stellte es vor dem Kätzchen ab. Das Kätzchen zitterte, kniff die Augen zusammen und begann zu trinken.

«Was für ein rosa Zünglein es hat», bemerkte Sinaida, beugte sich fast bis zum Boden hinab und sah ihm von der Seite zu, ganz dicht an seinem Köpfchen.

Das Kätzchen hatte sich sattgetrunken, begann zu schnurren und streckte geziert die Pfoten aus. Sinaida erhob sich und sagte gleichgültig zum Dienstmädchen:

«Bring es fort.»

«Ihr Händchen – als Lohn für das Kätzchen», sagte der Husar schmunzelnd, wobei er sich mit seinem gewaltigen Körper vorbeugte, der eng in eine neue Uniform gezwängt war.

«Beide», entgegnete Sinaida und streckte ihm die Hände entgegen. Während er sie küsste, schaute sie mich über seine Schulter hinweg an.

Ich stand unbeweglich da und wusste nicht, sollte ich lachen, etwas sagen oder lieber schweigen. Plötzlich fiel mein Blick durch die offenstehende Tür zur Diele auf die Gestalt unseres Dieners Fjodor. Er machte mir Zeichen. Mechanisch ging ich zu ihm hinaus.

«Was willst du?», fragte ich.

«Ihre Frau Mutter hat mich geschickt, Sie abzuholen», sagte er flüsternd. «Sie ärgert sich, dass Sie noch nicht mit der Antwort zurück sind.»

«Bin ich denn schon so lange weg?»

«Mehr als eine Stunde.»

«Mehr als eine Stunde!», wiederholte ich unwillkürlich, kehrte in den Salon zurück und verabschiedete mich.

«Wohin wollen Sie denn?», fragte mich die junge Fürstin, die hinter dem Husaren hervorlugte.

«Ich muss nach Hause. Dann richte ich also aus», fügte ich an ihre Mutter gewandt hinzu, «dass Sie in der zweiten Stunde zu uns kommen.»

«Ja, so können Sie es ausrichten, mein Lieber.»

Die Fürstin ergriff hastig ihre Tabakdose und schnupfte so geräuschvoll, dass ich zusammenzuckte.

«So können Sie es ausrichten», wiederholte sie, blinzelte unter Tränen und ächzte.

Ich verbeugte mich noch einmal, drehte mich um und verließ das Zimmer mit jenem peinlichen Gefühl im Rücken, das jeder sehr junge Mensch empfindet, wenn er weiß, dass man ihm nachschaut.

«Und vergessen Sie nicht, uns zu besuchen, Monsieur Woldemar», rief Sinaida und fing wieder an zu lachen.

«Wieso lacht sie nur immer?», dachte ich auf dem Rückweg. Fjodor begleitete mich. Er sagte kein Wort, lief aber missbilligend hinter mir her. Mutter schimpfte mich aus und wunderte sich, was ich so lange bei dieser Fürstin gemacht haben konnte. Ich antwortete ihr nicht und ging in mein Zimmer. Mir war plötzlich sehr traurig zumute ... Nur mit Mühe hielt ich die Tränen zurück ... Ich war eifersüchtig auf den Husaren.

V

Wie verabredet machte die Fürstin meiner Mutter ihre Aufwartung, und sie gefiel ihr nicht. Ich nahm an diesem Treffen nicht teil, bei Tisch jedoch erzählte Mutter dem Vater, die Fürstin Sassekina scheine eine *femme très vulgaire* zu sein, mit ihren Bitten, sich beim Fürsten Sergej für sie einzusetzen, sei sie ihr sehr lästig gefallen. Sie habe lauter Rechtsstreitigkeiten und andere Probleme – *des vilaines affaires d'argent* – und müsse eine rechte Intrigantin sein. Mutter fügte hinzu, dass sie die Fürstin und ihre Tochter dennoch für den nächsten Tag zum Mittagessen eingeladen habe (als ich das Wort «Tochter» hörte, senkte ich meinen Kopf tief über den Teller), da sie ja immerhin ihre Nachbarin sei, noch dazu einen angesehenen Namen trage. Darauf erwiderte Vater, er erinnere sich jetzt, wer diese Dame sei; in seiner Jugend habe er den verstorbenen Fürsten Sassekin gekannt, einen Mann, der zwar eine ausgezeichnete Erziehung genossen habe, aber ein Hohlkopf und Einfaltspinsel gewesen sei. In der Gesellschaft sei er «le Parisien» genannt worden, weil er lange in Paris gelebt habe; er sei sehr reich gewesen, habe allerdings sein gesamtes Vermögen verspielt und dann, wer weiß warum, womöglich des Geldes wegen – dabei hätte er eine bessere Wahl treffen können, fügte Vater kalt lächelnd hinzu –, die Tochter eines kleinen Beamten geheiratet, sich in Spekulationen verstrickt und sich endgültig ruiniert.

«Hoffentlich wird sie mich nicht um Geld angehen», bemerkte Mutter.

«Das ist durchaus möglich», sagte Vater ruhig. «Spricht sie Französisch?»

«Sehr schlecht.»

«Hm. Das ist im Übrigen ganz einerlei. Wie mir scheint, sagtest du, du hättest auch die Tochter eingeladen; man hat mir erzählt, dass es ein sehr nettes und gebildetes Mädchen ist.»

«So? Dann kommt sie nicht nach der Mutter.»

«Und auch nicht nach dem Vater», entgegnete Vater. «Der war zwar auch gebildet, aber ein Dummkopf.»

Mutter seufzte und versank in Gedanken. Vater verstummte. Mir war während dieses Gesprächs sehr unbehaglich zumute.

Nach dem Mittagessen begab ich mich in den Park, allerdings ohne Flinte. Ich hatte mir vorgenommen, nicht bis zum Sassekinschen Teil des Parks zu gehen, doch eine unwiderstehliche Kraft zog mich dorthin – und dies aus gutem Grund. Kaum hatte ich mich nämlich dem Zaun genähert, als ich Sinaida erblickte. Diesmal war sie allein. Sie hielt ein Buch in den Händen und ging langsam den Weg entlang. Sie bemerkte mich nicht.

Beinahe hätte ich sie vorübergehen lassen; doch dann gab ich mir einen Ruck und räusperte mich.

Sie wandte sich um, blieb aber nicht stehen, strich mit der Hand das breite blaue Band ihres runden Strohhuts zur Seite, blickte mich an, lächelte leise und richtete ihre Augen wieder auf das Buch.

Ich nahm die Mütze ab und ging, nachdem ich einen Moment gezaudert hatte, schweren Herzens davon. «Que suis-je pour elle?», überlegte ich (weiß Gott warum) auf Französisch.

Hinter mir hörte ich vertraute Schritte: ich drehte mich um und sah meinen Vater in seinem üblichen leichten, schnellen Schritt auf mich zukommen.

«Ist das die junge Fürstin?», fragte er mich.

«Ja.»

«Kennst du sie denn?»

«Ich habe sie heute Vormittag bei ihrer Mutter gesehen.»

Vater blieb stehen, machte jäh auf dem Absatz kehrt und ging zurück. Als er an Sinaida vorbeikam, grüßte er sie höflich. Sie grüßte ihn ebenfalls, nicht ohne einen gewissen Ausdruck des Erstaunens, und ließ das Buch sinken. Ich bemerkte, dass sie ihm hinterhersah. Mein Vater kleidete sich immer sehr geschmackvoll, originell und dabei einfach; nie jedoch war mir seine Gestalt schlanker erschienen, nie saß sein grauer Hut fescher auf seinen schon ein wenig schütteren Locken.

Ich wollte auf Sinaida zugehen, doch sie sah mich nicht einmal an. Sie hatte das Buch wieder erhoben und entfernte sich.

VI

Den ganzen Abend und den darauf folgenden Vormittag verbrachte ich in einer Art trostlosen Starre. Ich erinnere mich, dass ich zu arbeiten versuchte und das Buch von Kajdanow zur Hand nahm, doch die locker bedruckten Zeilen und Seiten des berühmten Lehrbuchs huschten vergebens an mir vorbei. Zehn Mal hintereinander las ich die Worte: «Julius Cäsar zeichnete sich durch Heldenmut aus», verstand nicht das Geringste und warf das Buch fort. Vor dem Mittagessen strich ich mir wieder Pomade ins Haar, zog auch wieder den Gehrock an und band ein Halstuch um.

«Was soll das?», fragte Mutter. «Du bist noch kein Student, es ist gar nicht gesagt, ob du überhaupt das Examen bestehst. Wir haben dir ja erst vor kurzem eine Jacke nähen lassen, die können wir schließlich nicht wegwerfen.»

«Aber wir bekommen doch Besuch», flüsterte ich verzagt.

«Unsinn! Was für ein Besuch ist das schon!»

Ich musste mich fügen und tauschte den Gehrock gegen die Jacke, das Halstuch aber nahm ich nicht ab. Die Fürstin und ihre Tochter erschienen eine halbe Stunde vor dem Essen; die alte Fürstin hatte ein gelbes Schultertuch über das mir bereits bekannte grüne Kleid gelegt und eine altmodische Haube mit feuerroten Bändern aufgesetzt. Sofort fing sie von ihren Wechseln an, seufzte, klagte über ihre Armut, fiel den Eltern lästig mit ihrer aufdringlichen Art und machte keinerlei Umstände: den Tabak schnupfte sie ebenso geräuschvoll wie bei sich zu Hause und rutschte auch auf dem Stuhl ungeniert hin und her. Nicht im Traum schien sie daran zu denken, dass sie eine Fürstin war. Sinaida dagegen hielt sehr streng auf sich, wirkte beinahe hochmütig, eine echte Fürstin eben. In ihrem Gesicht spiegelten sich kühle Starre und Dünkel, ich erkannte sie nicht wieder, nicht ihre Blicke, nicht ihr Lächeln, doch auch in dieser neuen Gestalt erschien sie mir wunderschön. Sie trug ein leichtes Musselinkleid mit blassblauem Muster; das Haar fiel ihr in englischer Manier in langen Locken die Wangen herab; diese Frisur passte zu ihrem kühlen Gesichtsausdruck. Vater saß während des Essens neben ihr und unterhielt seine Tischnachbarin mit der ihm eigenen aparten, ruhigen und höflichen Art. Hin und wieder blickte er sie an, und auch sie blickte ihn hin und wieder an – ganz seltsam, beinahe feindlich. Sie unterhielten sich auf Französisch; ich weiß noch, dass mich Sinaidas reine Aussprache erstaunte. Ihre Mutter tat sich bei Tisch nach wie vor keinen Zwang an, aß viel und lobte die Speisen. Mutter fiel sie ganz offenbar auf die Nerven, weshalb sie ihr mit einer gequälten Geringschätzung begegnete; Vater zog bisweilen die Brauen leicht in die Höhe. Auch Sinaida missfiel meiner Mutter.

«Wie stolz sie ist», sagte sie am nächsten Tag. «Worauf wohl – avec sa mine de grisette!»

«Du hast offenbar noch nie eine Grisette gesehen», bemerkte mein Vater darauf.

«Zum Glück!»

«Natürlich zum Glück … aber wie kannst du dann über sie urteilen?»

Mir schenkte Sinaida überhaupt keine Beachtung. Bald nach dem Essen verabschiedete sich die Fürstin.

«Ich hoffe auf Ihre Unterstützung, Marja Nikolajewna und Pjotr Wassilitsch», sagte sie flötend zu meinen Eltern. «Was bleibt mir übrig! Die guten Zeiten sind vorbei. Man nennt mich zwar Durchlaucht», fügte sie unangenehm lachend hinzu, «aber was nützt einem die Ehre, wenn man nichts zu beißen hat.»

Vater verbeugte sich ehrerbietig und geleitete sie zur Tür, die in die Diele führte. Ich stand in meinem kurzen Jäckchen dabei und starrte zu Boden wie ein zum Tode Verurteilter. Sinaidas

Verhalten mir gegenüber hatte mich endgültig vernichtet. Wie groß aber war mein Erstaunen, als sie mir im Vorübergehen hastig und mit dem früheren freundlichen Ausdruck in den Augen zuflüsterte:

«Kommen Sie um acht Uhr zu uns, hören Sie, unbedingt ...»

Ich machte eine Handbewegung, doch sie war schon fort, nachdem sie sich einen weißen Schal um den Kopf gelegt hatte.

VII

Genau um acht Uhr betrat ich mit hochfrisierter Tolle und Gehrock die Diele des Nebengebäudes, in dem die Fürstin wohnte. Der alte Diener musterte mich finster und erhob sich unwillig von seiner Bank. Aus dem Salon ertönten fröhliche Stimmen. Ich öffnete die Tür und wich erstaunt zurück. Mitten im Zimmer stand die junge Fürstin auf einem Stuhl und hielt einen Herrenhut vor sich hin: um den Stuhl drängten sich fünf Männer. Sie versuchten, in den Hut zu greifen, Sinaida aber streckte den Hut in die Höhe und schüttelte ihn. Als sie mich sah, rief sie:

«Warten Sie! Warten Sie! Ein neuer Gast, auch er muss einen Zettel bekommen», mit diesen Worten sprang sie flink herab und packte mich am Ärmel. «Kommen Sie», sagte sie, «was stehen Sie da wie angewurzelt? Messieurs, darf ich bekannt machen: das ist Monsieur Woldemar, der Sohn unseres Nachbarn. Und dies», fügte sie an mich gewandt hinzu, wobei sie der Reihe nach auf die Gäste deutete, «sind Graf Malewski, Doktor Luschin, der Dichter Majdanow, der Hauptmann im Ruhestand Nirmazki und Belowsorow, der Husar, den Sie schon gesehen haben. Nehmen Sie Monsieur Woldemar bitte unter Ihre Fittiche.»

Ich war derart verwirrt, dass ich mich nicht einmal verbeugte; in Doktor Luschin erkannte ich jenen dunkelhaarigen Herrn, der mich im Park so erbarmungslos bloßgestellt hatte; die Übrigen waren mir unbekannt.

«Graf!», fuhr Sinaida fort, «schreiben Sie einen Zettel für Monsieur Woldemar.»

«Das ist ungerecht», entgegnete der Graf in leicht polnisch gefärbtem Akzent, ein sehr hübscher, elegant gekleideter Brünetter mit ausdrucksvollen braunen Augen, einer schmalen weißen Nase und einem dünnen Schnurrbart über dem winzigen Mund. «Er hat ja nicht mitgespielt beim Pfänderspiel.»

«Das ist ungerecht», wiederholten Belowsorow und jener Herr, den sie Hauptmann im Ruhestand genannt hatte, ein untersetzter Mann in einem offenstehenden Militärrock ohne Epauletten, um die vierzig, mit krummen Beinen, hässlichen Pockennarben und kraushaarig wie ein Mohr.

«Schreiben Sie einen Zettel, habe ich gesagt», wiederholte Sinaida. «Was ist das für eine Meuterei? Monsieur Woldemar ist zum ersten Mal dabei, heute gelten die Regeln für ihn nicht. Keine Widerrede, schreiben Sie, ich will es so.»

Der Graf zuckte die Schultern, beugte jedoch fügsam den Kopf, nahm die Feder in seine weiße, ringgeschmückte Hand, riss ein Stück Papier ab und fing an zu schreiben.

«Gestatten Sie zumindest, Monsieur Woldemar zu erklären, worum es geht», begann Luschin in spöttischem Tonfall, «sonst verschlägt es ihm noch mehr die Sprache. Schauen Sie, junger Mann, wir spielen ein Pfänderspiel; es geht um die Fürstin –

der, dem das Glückslos zufällt, darf ihr die Hand küssen. Haben Sie verstanden, was ich gesagt habe?»

Ich blickte ihn nur an und stand weiterhin wie betäubt da, die Fürstin aber stieg wieder auf den Stuhl und begann erneut den Hut zu schütteln. Alle streckten den Arm nach ihr aus, ich ebenfalls.

«Majdanow», sagte Sinaida zu einem hochgewachsenen jungen Mann mit hagerem Gesicht, kleinen, kurzsichtigen Augen und außergewöhnlich langen schwarzen Haaren, «als Dichter müssten Sie Ihren Zettel großmütig an Monsieur Woldemar abtreten, damit er zwei Chancen hat.»

Doch Majdanow schüttelte nur verneinend den Kopf und schwenkte die Mähne. Ich griff nach den anderen in den Hut, nahm einen Zettel, entfaltete ihn … Mein Gott! Wie wurde mir, als ich darauf das Wort «Kuss» las!

«Ein Kuss!», rief ich unwillkürlich.

«Bravo! Er hat gewonnen», sagte die Fürstin. «Wie ich mich freue!» Sie stieg vom Stuhl und blickte mir so klar und liebevoll in die Augen, dass mein Herz einen Sprung machte. «Freuen Sie sich?», fragte sie mich.

«Ich? …», stammelte ich.

«Verkaufen Sie mir Ihren Zettel», polterte Belowsorow plötzlich direkt über meinem Ohr. «Ich gebe Ihnen hundert Rubel.»

Ich antwortete dem Husaren mit einem derart entrüsteten Blick, dass Sinaida in die Hände schlug und Luschin rief: «Gut gemacht!»

«Allerdings», fuhr er fort, «bin ich als Zeremonienmeister verpflichtet, die Einhaltung der Regeln zu überwachen. Monsieur Woldemar, lassen Sie sich auf ein Knie nieder. So ist es bei uns Sitte.»

Sinaida stellte sich vor mich hin, neigte den Kopf ein wenig zur Seite, wohl um mich besser sehen zu können, und streckte mir bedeutungsvoll die Hand entgegen. Mir wurde schwarz vor Augen; ich wollte mich auf ein Knie niederlassen, fiel aber auf beide und berührte ihre Finger so ungeschickt mit den Lippen, dass ich mir die Nasenspitze an ihren Nägeln zerkratzte.

«Genug!», rief Luschin und half mir auf.

Das Pfänderspiel ging weiter. Sinaida hatte mich neben sich platziert. Was für Strafen sie sich nicht alles ausdachte! Unter anderem musste sie eine Statue darstellen, als Piedestal wählte sie den hässlichen Nirmazki und befahl ihm, sich der Länge nach auf den Boden zu legen und das Gesicht gegen die Brust zu pressen. Das Gelächter verstummte keinen Augenblick. Mir, dem in einem gesitteten Herrenhaus abgeschieden aufgewachsenen, nüchtern erzogenen Jungen, schwirrte von diesem Lärm und Stimmengewirr, dieser ungezwungenen, beinahe wilden Fröhlichkeit und dem ungewohnten Umgang mit mir unbekannten Menschen nur so der Kopf. Ich war trunken wie von Wein, lachte und redete lauter als die anderen, so dass sogar die alte Fürstin, die im Nebenzimmer mit einem Beamten vom Auferstehungstor zusammensaß, mit dem sie etwas zu besprechen hatte, herüberkam, um mich zu betrachten. Ich fühlte mich jedoch in einem Maße glücklich, dass ich mich nicht um den Spott und die ironischen Blicke der anderen scherte. Sinaida gab mir weiter den Vorzug und ließ mich nicht von ihrer Seite weichen. Eine meiner Strafen bestand darin, dass ich mit ihr unter ein und demselben Seidentuch sitzen und ihr *mein Geheimnis* anvertrauen sollte. Ich erinnere mich an unsere beiden Köpfe im stickigen, matten, duftigen Dämmer und daran, wie nah und warm ihre Augen leuchteten, wie heiß ihre geöffneten Lippen atmeten, wie ihre Zähne schimmerten und mich die Enden ihres Haares kitzelten und versengten. Ich schwieg. Sie lächelte schelmisch und geheimnisvoll und flüsterte mir schließlich zu: «Nun, sagen Sie schon.» Ich aber errötete nur, lachte, wandte mich ab und wagte kaum zu atmen.

Dann wurde uns das Pfänderspiel langweilig und wir spielten Abnehmen. Mein Gott! Wie glücklich ich war, wenn ich nicht aufpasste und dafür von ihr einen kräftigen Klaps auf die Finger bekam und später eigens so tat, als hätte ich nicht aufgepasst, sie mich zwar neckte, meine ausgestreckte Hand aber nicht anrührte!

Was taten wir im Laufe dieses Abends nicht alles! Wir spielten Klavier, sangen, tanzten, imitierten ein Zigeunerlager. Nirmazki wurde als Bär ausstaffiert und musste Salzwasser trinken. Graf Malewski zeigte uns verschiedene Kartentricks und endete damit, dass er die Karten mischte und sich beim Whist sämtliche Asse zuteilte, wozu Luschin «die Ehre hatte ihm zu gratulieren». Majdanow deklamierte Auszüge aus seinem Poem «Der Mörder» (es war damals die Hochzeit der Romantik), das er beabsichtigte in schwarzem Einband herauszugeben – der Titel sollte in blutroter Schrift gedruckt werden. Dem Besucher der Fürstin stibitzten wir die Mütze von den Knien und nötigten ihn, Kasatschok zu tanzen, um sie auszulösen; der alte Wonifati bekam eine Haube übergestülpt und Sinaida setzte einen Männerhut auf … Alles aufzuzählen ist unmöglich. Nur Belowsorow war mürrisch und ärgerlich und hielt sich meist abseits … Bisweilen stieg ihm die Röte ins Gesicht, mit blutunterlaufenen Augen schien er sich auf uns stürzen und wie Hobelspäne in alle Himmelsrichtungen schleudern zu wollen. Sinaida jedoch schaute ihn an, drohte ihm mit dem Finger und er verkroch sich wieder in seine Ecke.

Schließlich verließen uns die Kräfte. Auch die alte Fürstin, die, wie sie sich ausdrückte, keinerlei Getöse aus der Fassung bringen konnte, war müde geworden und wollte ruhen. Gegen Mitternacht wurde das Abendessen serviert, das aus einem Stück alten, trockenen Käses und kalten Piroggen bestand, die mit gehacktem Schinken gefüllt waren und mir besser schmeckten als sämtliche Pasteten, die ich je gegessen hatte; es gab nur eine einzige, irgendwie seltsame Flasche Wein: sie war dunkel, hatte einen gedrungenen Hals und enthielt rosa Wein. Es trank übrigens niemand davon.

Müde und überglücklich ging ich heim; zum Abschied drückte mir Sinaida fest die Hand und lächelte wieder geheimnisvoll.

Schwer und feucht umfing die duftende Nacht mein erhitztes Gesicht; es schien ein Gewitter aufzuziehen; schwarze Wolken türmten sich und zogen, ihre schemenhaften Umrisse immer wieder verändernd, über den Himmel. Durch die dunklen Bäume fuhren Windstöße, und weit in der Ferne, irgendwo hinter dem Horizont, grollte böse und dumpf der Donner.

Durch die Hintertür schlich ich mich in mein Zimmer. Mein Diener schlief auf dem Boden, ich musste über ihn hinwegsteigen; er wachte auf und meldete, als er mich gesehen hatte, dass Mutter wieder böse auf mich gewesen sei und ihn noch einmal habe schicken wollen, mich abzuholen, Vater habe sie aber zurückgehalten. (Ohne Mutter eine gute Nacht gewünscht und ihren Segen empfangen zu haben, ging ich nie zu Bett.) Das ließ sich nun nicht mehr ändern!

Ich sagte ihm, dass ich mich allein auskleiden und zu Bett

gehen würde, und löschte die Kerze. Doch ich kleidete mich nicht aus, ging auch nicht ins Bett, sondern setzte mich auf einen Stuhl und saß lange wie verzaubert da. Das, was ich empfand, war so neu, so süß ... Reglos saß ich da, schaute vor mich hin, atmete langsam und lächelte bald, bald erstarrte ich bei dem Gedanken, dass ich verliebt war. Dies war sie also, die Liebe. Sinaidas Gesicht tauchte aus der Dunkelheit vor mir auf, es tauchte auf und entschwand nicht; ihr Mund lächelte noch immer rätselhaft, die Augen blickten mich leicht von der Seite an, fragend, nachdenklich und zärtlich ... wie in jenem Augenblick, als ich mich von ihr verabschiedet hatte. Schließlich stand ich auf, ging auf Zehenspitzen zu meinem Bett und legte meinen Kopf vorsichtig, ohne mich ausgekleidet zu haben, aufs Kissen, als fürchtete ich, durch eine heftige Bewegung das zu zerstören, wovon ich erfüllt war ...

Ich legte mich nieder, schloss aber nicht die Augen. Bald bemerkte ich, dass unablässig schwache Lichtreflexe in mein Zimmer fielen. Ich richtete mich auf und schaute zum Fenster hinüber. Das Fensterkreuz zeichnete sich deutlich von den geheimnisvoll und verschwommen schimmernden Scheiben ab. «Es gewittert», dachte ich. Tatsächlich entlud sich ein Gewitter, doch es war sehr weit entfernt, so dass man keinen Donner hörte. Lediglich lange, blasse, sich verzweigende Blitze zuckten immer wieder über den Himmel. Es war aber kein Zucken, vielmehr zitterten und flatterten sie, wie die Flügel eines sterbenden Vogels. Ich erhob mich, trat ans Fenster und blieb dort stehen, bis der Morgen graute ... Unablässig blitzte es, eine Sperlingsnacht, wie der Volksmund sagt. Ich schaute zur sandigen Ebene hinüber, die schweigend dalag, zum dunklen Massiv des Neskutschny-Parks, den gelblichen Fassaden der fernen

Gebäude, die bei jedem schwachen Blitz ebenfalls aufzuflammen schienen … Ich schaute und konnte mich nicht losreißen; diese stummen Blitze, das schwache Leuchten schienen jenen stummen, insgeheimen Impulsen zu antworten, die auch in mir aufblitzten. Der Morgen brach an; purpurn stieg die Morgenröte empor. Mit dem Sonnenaufgang wurden die Blitze schwächer, immer seltener zuckten sie über den Himmel und verschwanden schließlich ganz, verschluckt vom nüchternen, soliden Licht des anbrechenden Tages …

Auch die Blitze in meinem Inneren hatten sich beruhigt. Ich spürte große Müdigkeit und Gleichmut … Sinaidas Antlitz aber schwebte noch immer feierlich in meiner Seele. Doch dieses ihr Antlitz strahlte Ruhe und Frieden aus: wie ein aus dem Sumpfesdickicht herbeigeflogener Schwan hob es sich von allerlei unschönen Gestalten ab. Beim Einschlafen brachte ich ihm, Abschied nehmend und ohne Scheu, zum letzten Mal meine Anbetung dar …

Oh, ihr zarten Gefühle, ihr sanften Töne, du Herzensgüte, wenn die bewegte Seele zur Ruhe kommt und sich freudig den Aufwallungen erster Liebesregungen hingibt, wo seid ihr?

VIII

Am nächsten Morgen beim Tee schimpfte Mutter mich aus, allerdings weniger als erwartet. Ich musste ihr berichten, wie ich den Abend verbracht hatte, antwortete nur kurz, ließ viele Details aus und suchte allem den harmlosesten Anstrich zu verleihen.

«Es ist dennoch keine Familie comme il faut», bemerkte Mutter, «du hast dort nichts zu suchen, beschäftige dich lieber mit den Prüfungsvorbereitungen und lerne.»

Da ich wusste, dass sich Mutters Sorgen um meine Studien auf diese wenigen Worte beschränken würden, hielt ich es für unnötig, ihr zu widersprechen; nach dem Tee aber hakte sich Vater bei mir ein, ging mit mir in den Park hinaus und wollte alles wissen, was ich bei den Sassekins gesehen hatte.

Vater hatte einen merkwürdigen Einfluss auf mich, und auch unsere Beziehung war merkwürdig. Fast nie kümmerte er sich um meine Erziehung, doch er beleidigte mich auch nie; er achtete meine Freiheit und war sogar höflich zu mir, wenn man das so ausdrücken kann ... Nah an sich heran aber ließ er mich nicht. Ich liebte und bewunderte ihn, er erschien mir als der Inbegriff eines Mannes. Wie leidenschaftlich ich mich ihm angeschlossen hätte, wäre nicht ständig seine Abwehr zu spüren gewesen! Wenn er jedoch wollte, konnte er fast im Handumdrehen, mit nur einem Wort, einer Bewegung, mein grenzenloses Vertrauen wecken. Dann öffnete sich meine Seele und ich konnte mit ihm reden wie mit einem verständnisvollen Freund oder nachsichtigen Lehrer ... Ebenso plötzlich aber wandte er sich wieder von mir ab und wies mich erneut zurück, freundlich und sanft, doch er tat es.

Bisweilen war er fröhlich, dann konnte er über die Stränge schlagen und mit mir Schabernack treiben wie ein kleiner Junge (er liebte jede Art körperlicher Bewegung); ein Mal, ein einziges Mal nur! hat er mich so zärtlich gestreichelt, dass ich beinahe in Tränen ausgebrochen wäre ... Doch auch seine Fröhlichkeit und Zärtlichkeit waren im Nu verflogen, was zwischen uns gewesen war, ließ keinerlei Hoffnung auf eine Wiederholung in der Zukunft aufkommen, und ich meinte, alles nur geträumt zu haben. Bisweilen betrachtete ich sein kluges, hübsches, frisches Gesicht … mein Herz bebte, alles in mir strebte ihm zu … er schien zu spüren, was in mir vorging, tätschelte mir im Vorübergehen die Wange und ging dann seiner Wege oder einer Beschäftigung nach oder erstarrte plötzlich, wie nur er es vermochte, und ich zog mich sofort in mich zurück und erkaltete ebenfalls. Die seltenen Anwandlungen seiner Zuneigung zu mir beruhten nie auf meinem stummen, doch verständlichen Verlangen: sie kamen immer unerwartet. Später, wenn ich über den Charakter meines Vaters nachdachte, gelangte ich zu dem Schluss, dass er weder an mir noch am Familienleben das geringste Interesse hatte; er war anderweitig engagiert und genoss dieses Andere in vollen Zügen.

«Nimm dir, was du kannst, mach dich aber nicht von anderen abhängig; du gehörst dir selbst, das ist die ganze Kunst im Leben», sagte er einmal zu mir. Ein andermal ließ ich mich, junger Demokrat, der ich war, in seiner Anwesenheit dazu hinreißen, über die Freiheit zu philosophieren (an diesem Tag war er «gut aufgelegt», wie ich es nannte, und man konnte mit ihm über alles sprechen).

«Freiheit», griff er meine Worte auf, «weißt du, was einen Menschen frei machen kann?»

«Was?»

«Der Wille, sein eigener Wille, er verleiht dir eine Macht, die besser ist als die Freiheit. Wenn du weißt, was du willst, wirst du frei sein und das Kommando führen.»

Mein Vater wollte vor allem und mehr als alles andere – leben, und er tat es … Vielleicht spürte er, dass er nicht lange Gelegenheit haben würde, sich der «Kunst» des Lebens hinzugeben: er starb mit zweiundvierzig Jahren.

Ich beschrieb Vater ausführlich meinen Besuch bei den Sassekins. Er hörte auf der Bank sitzend zu, bald halbwegs aufmerksam, bald zerstreut, und zeichnete mit dem Ende seiner Reitpeitsche Muster in den Sand. Ab und zu lachte er, schaute mir heiter, ja fröhlich ins Gesicht und spornte mich mit kurzen Fragen und Kommentaren zum Weiterreden an. Zuerst hatte ich mich nicht entschließen können, Sinaidas Namen auszusprechen, konnte dann aber nicht an mich halten und pries sie in den höchsten Tönen. Vater lächelte immer noch. Dann wurde er nachdenklich, streckte sich und stand auf.

Mir fiel ein, dass er, als wir das Haus verließen, den Kutscher beauftragt hatte, sein Pferd zu satteln. Er war ein hervorragender Reiter und lange vor Herrn Rarey imstande, die wildesten Pferde zu bändigen.

«Darf ich mit dir reiten, Papa?», fragte ich ihn.

«Nein», antwortete er, und sein Gesicht nahm den üblichen freundlich-gleichmütigen Ausdruck an.

«Reite allein, wenn du willst; dem Kutscher aber sage, dass ich doch nicht ausreiten werde.»

Er wandte mir den Rücken zu und entfernte sich rasch. Ich folgte ihm mit den Augen, bis er hinter dem Tor verschwunden war. Dann sah ich, wie sich sein Hut am Zaun entlang bewegte und er zu den Sassekins hineinging.

Er blieb eine knappe Stunde bei ihnen, begab sich aber gleich darauf in die Stadt und kehrte erst gegen Abend zurück.

Am Nachmittag ging ich ebenfalls zu den Sassekins hinüber. Im Salon traf ich nur die alte Fürstin an. Als sie mich sah, kratzte sie sich mit der Spitze ihrer Stricknadel unter der Haube den Kopf und fragte mich dann, ob ich ein Gesuch für sie ins Reine schreiben könnte.

«Mit Vergnügen», antwortete ich und setzte mich auf eine Stuhlkante.

«Aber achten Sie darauf, dass die Buchstaben schön groß geraten», sagte die Fürstin und reichte mir ein vollgekritzeltes Blatt Papier. «Ginge es gleich heute, Batjuschka?»

«Ich schreibe es heute noch ab.»

Die Tür zum Nebenzimmer öffnete sich einen Spalt breit, und Sinaidas Gesicht kam zum Vorschein – blass, nachdenklich, mit flüchtig zurückgeworfenem Haar. Sie sah mich mit großen, kühlen Augen an und schloss die Tür dann leise.

«Sina, Sina!», rief die Alte.

Sinaida antwortete nicht. Ich nahm das Gesuch mit nach Hause und war den ganzen Abend damit beschäftigt.

IX

An jenem Tag nahm meine «Leidenschaft» ihren Anfang. Ich fühlte damals etwas, was vermutlich jemand fühlt, der gerade seine berufliche Laufbahn antritt: ich war kein kleiner Junge mehr. Ich war verliebt. Gerade sagte ich, dass an jenem Tag meine Leidenschaft ihren Anfang nahm; ich könnte hinzufügen, dass an jenem Tag auch meine Leiden begannen. Ich verzehrte mich, wenn Sinaida nicht da war: der Verstand versagte mir den Dienst, alles fiel mir aus den Händen, tagelang dachte ich nur an sie … Ich verzehrte mich nach ihr … in ihrer Gegenwart jedoch ging es mir nicht besser. Ich war eifersüchtig, war mir meiner Bedeutungslosigkeit bewusst, plusterte mich dümmlich auf, verfiel in dümmliche Liebedienerei – doch eine unbestimmte Kraft zog mich zu ihr, und jedesmal übertrat ich die Schwelle ihres Zimmers mit einem glücklichen Schauer. Sinaida erriet natürlich, dass ich verliebt in sie war, ich verbarg es ja auch nicht; sie genoss meine Leidenschaft, trieb ihre Späße mit mir, verwöhnte und quälte mich. Wie süß es ist, die einzige Quelle, die uneingeschränkte, wortlose Ursache größter Freude und tiefster Qualen für einen anderen zu sein – ich war Wachs in Sinaidas Händen. Nicht ich allein war allerdings in sie verliebt: sämtliche Männer, die in ihrem Haus verkehrten, hatte sie um den Verstand gebracht, alle hielt sie an der Leine, zu ihren Füßen. Es belustigte sie, bald Hoffnungen, bald Befürchtungen zu wecken, ihre Verehrer je nach Stimmung nach ihrer Pfeife tanzen zu lassen (sie nannte es: sie aufeinander hetzen) – doch niemand dachte je daran aufzubegehren, und jeder ordnete sich ihr freudig unter. Es lag eine besonders charmante Mischung von List und Unbekümmertheit, Manieriertheit und Schlichtheit, Zurückhaltung und Lebhaftigkeit in ihrem energischen, schönen Wesen; alles, was sie tat und sagte, jede ihrer Bewegungen zeugte von zarter, schlichter Anmut, in allem kam eine ganz besondere, beschwingte Kraft zum Ausdruck. Auch ihr Gesichtsausdruck wandelte sich ständig: fast gleichzeitig drückte ihr Gesicht Spott, Nachdenklichkeit und Leidenschaft aus. Über ihre Augen und Lippen glitten unablässig die unterschiedlichsten Gefühlsregungen, leicht und schnell, wie die Schatten von Wolken an einem sonnigen, windigen Tag.

Jedem ihrer Verehrer kam eine bestimmte Rolle zu. Belowsorow, den sie bisweilen «mein Raubtier» nannte, bisweilen aber auch einfach nur «der Meine», hätte sich für sie freudig ins Feuer gestürzt; da er allerdings nicht viel Vertrauen in seine geistigen Fähigkeiten und sonstigen Vorzüge hatte, bot er ihr immerfort die Ehe an, mit dem Hinweis, die anderen schwatzten nur. Majdanow entsprach den poetischen Saiten ihres Wesens: er war ein recht kühler Mensch, wie fast alle Dichter, ständig beteuerte er ihr, und möglicherweise auch sich selbst, dass er sie vergöttere, besang sie in nicht enden wollenden Versen und trug ihr diese mit einer sowohl unnatürlichen wie auch echten Begeisterung vor. Sie mochte ihn, machte sich aber auch ein klein wenig über ihn lustig, denn sie glaubte ihm nicht und nötigte ihn, nachdem sie seine Ergüsse über sich hatte ergehen lassen, Puschkin zu deklamieren, um die Atmosphäre zu reinigen, wie sie sich ausdrückte. Luschin, ein spöttischer, sich stets zynisch äußernder Arzt, kannte sie besser als alle anderen, auch liebte er sie mehr als alle anderen, obgleich er sie hinter ihrem Rücken und auch offen tadelte. Sie achtete ihn, sah ihm aber nie etwas nach und gab ihm so manches Mal mit besonderem, hämischem Vergnügen zu verstehen, dass sie auch ihn in der Hand hatte. «Ich bin kokett, habe kein Herz, bin eine Schauspielernatur», sagte sie einmal in meiner Anwesenheit zu ihm, «und das ist gut so! Reichen Sie mir also bitte die Hand, ich will mit der Nadel hineinstechen, es wird wehtun, es wird Ihnen vor diesem jungen Mann peinlich sein, Sie aber, Sie gerechter Mann, werden dennoch lachen.» Luschin errötete, wandte sich ab, biss sich auf die Lippen, und es endete damit, dass er ihr die Hand hinhielt. Sie stach hinein, und er lachte tatsächlich … und auch sie lachte, während sie die Nadel ziemlich tief in seine Hand bohrte, ihm dabei in die Augen sah und er ihrem Blick vergeblich auszuweichen suchte …

Am wenigsten schlau wurde ich aus dem Verhältnis zwischen Sinaida und dem Grafen Malewski. Er sah gut aus, war klug und schlagfertig, doch selbst ich, der Sechzehnjährige, empfand, dass er fragwürdig und unaufrichtig war, und wunderte mich, dass Sinaida es nicht bemerkte. Vielleicht bemerkte sie es auch und machte sich nichts daraus. Die falsche Erziehung, die seltsamen Bekanntschaften und Gewohnheiten, die ständige Anwesenheit der Mutter, die Armut und Unordnung im Haus, alles, angefangen mit der Freiheit, die das junge Mädchen genoss, dem Bewusstsein ihrer Überlegenheit über die sie umgebenden Menschen, hatte zu einer gewissen verächtlichen Geringschätzung und Anspruchslosigkeit geführt. Was auch immer geschah: kam beispielsweise Wonifati, um zu melden, dass kein Zucker mehr da sei, gab jemand gemeine Klatschgeschichten zum Besten oder gerieten die Gäste in Streit – sie schüttelte nur die Locken und sagte: was soll's!, und ließ sich die Stimmung nicht verdrießen.

Dafür aber geriet mein Blut in Wallung, wenn sich Malewski listig wie ein Fuchs anschlich, zu ihr trat, sich elegant auf die Lehne ihres Stuhls stützte und ihr mit selbstzufriedenem, einschmeichelndem Lächeln etwas ins Ohr zu flüstern begann und sie ihn mit vor der Brust gekreuzten Armen aufmerksam ansah, ebenfalls lächelte und den Kopf schüttelte.

«Wieso empfangen Sie Herrn Malewski eigentlich?», fragte ich sie einmal.

«Er hat einen so prächtigen Schnurrbart», lautete die Antwort. «Aber das verstehen Sie nicht.»

«Meinen Sie etwa, dass ich ihn liebe», sagte sie ein anderes Mal zu mir. «Nein; Männer, auf die ich herabschauen muss, kann ich nicht lieben. Es muss jemand sein, der mich bezwingt … Aber einem solchen werde ich nicht begegnen, Gott ist barmherzig! Ich falle niemandem als Beute in die Hände, niemals!»

«Sie werden also niemals lieben?»

«Und was ist mit Ihnen? Liebe ich Sie etwa nicht?», sagte sie und schlug mir mit der Spitze ihres Handschuhs auf die Nase.

Ja, Sinaida trieb allerlei Scherze mit mir. Drei Wochen lang sah ich sie jeden Tag, was sie nicht alles mit mir anstellte! Zu uns kam sie selten, doch das bedauerte ich nicht: in unserem Hause verwandelte sie sich in ein gnädiges Fräulein, eine Fürstin, und ich fühlte mich gehemmt. Auch fürchtete ich, mich vor Mutter zu verraten; sie hegte eine große Abneigung gegen Sinaida und beobachtete uns voller Missgunst. Vater fürchtete ich nicht so sehr: er schien mich gar nicht zu bemerken. Mit Sinaida sprach er wenig, doch irgendwie besonders klug und bedeutsam. Ich hatte meine Studien eingestellt, las nicht mehr, unternahm auch keine Spaziergänge mehr in die Umgebung und ritt nicht einmal mehr aus. Wie ein Käfer, den man am Bein festgebunden hat, kreiste ich unentwegt um das geliebte Gebäude: am liebsten wäre ich für immer dort geblieben … doch das war natürlich unmöglich; Mutter grollte mit mir, manchmal jagte mich auch Sinaida fort. Dann schloss ich mich in meinem Zimmer ein oder zog mich ans entlegenste Ende des Parks zurück, kletterte auf die Ruine der hohen steinernen Orangerie, saß stundenlang mit herabhängenden Beinen auf der Mauer, die zur Straße ging, und schaute vor mich hin, ohne etwas wahrzunehmen. Weiße Schmetterlinge umflatterten gemächlich die staubigen Brennnesseln neben mir; ein munterer Sperling ließ sich unweit auf einem zerbrochenen roten Ziegel nieder und tschilpte unermüdlich, wobei er sich immerfort mit seinem kleinen Körper hin und her wand und das Schwänzchen ausbreitete; die noch immer misstrauischen Krähen krächzten von Zeit zu Zeit hoch oben vom kahlen Wipfel einer Birke; Sonne und Wind spielten sacht in ihren dünnen Zweigen; bisweilen kamen friedlich und schwermütig Glockentöne vom Donskoi-Kloster herbeigeweht – ich aber saß da, schaute und lauschte, und ein namenloses Gefühl erfüllte mich, das alles einschloss: Traurigkeit, Freude, das Vorgefühl der Zukunft, Sehnsucht und Angst vor dem Leben. Damals allerdings verstand ich nichts von alledem und hätte nicht beim Namen nennen können, was in mir brodelte, oder ich hätte allem den einen Namen gegeben – Sinaida.

Sinaida aber spielte mit mir wie die Katze mit der Maus. Bald kokettierte sie mit mir, dann geriet alles in mir in Aufruhr und ich schmolz dahin, bald stieß sie mich zurück, dann durfte ich ihr nicht zu nahe kommen, ja sie nicht einmal ansehen.

Einige Tage lang war sie sehr kühl zu mir gewesen und ich hatte vollends den Mut verloren. Wenn ich voller Bange zu den Nachbarn hinüberging, versuchte ich, mich an die alte Fürstin zu halten, auch wenn sie gerade damals fürchterlich zeterte und fluchte: ihre Wechselangelegenheiten liefen schlecht, und sie hatte schon zwei Auseinandersetzungen mit der Polizei gehabt.

Eines Tages ging ich im Park am bewussten Zaun entlang – und erblickte Sinaida: sie saß, den Kopf in die Hände gestützt, auf der Wiese und rührte sich nicht. Ich wollte mich unbemerkt entfernen, doch sie hob plötzlich den Kopf und machte mir ein gebieterisches Zeichen. Ich erstarrte: im ersten Moment begriff ich nicht. Sie wiederholte die Geste. Sofort sprang ich über den Zaun und lief freudig auf sie zu; sie aber gebot mir mit den Augen Einhalt und deutete zwei Schritte von ihr entfernt auf den Weg. Ratlos, was ich tun sollte, kniete ich am Wegrand nieder. Sie war so blass, ein so großer Kummer, eine so tiefe Erschöpfung spiegelte sich in jedem ihrer Züge, dass sich mir das Herz zusammenkrampfte und ich unwillkürlich murmelte:

«Was ist Ihnen?»

Sinaida streckte die Hand aus, riss einen Grashalm ab, biss hinein und warf ihn dann weit von sich.

«Lieben Sie mich sehr?», fragte sie schließlich. «Ja?»

Ich antwortete nicht – wie hätte ich auch antworten können.

«Ja», wiederholte sie und sah mich noch immer an. «So ist es. Die gleichen Augen», fügte sie nachdenklich hinzu und bedeckte das Gesicht mit den Händen. «Alles ist mir zuwider», flüsterte sie, «am liebsten würde ich ans Ende der Welt fliehen, ich kann es nicht ertragen, wie soll ich damit nur zurechtkommen … Und was wird aus mir werden! … Ach, wie schlecht ich mich fühle … mein Gott, wie schlecht!»

«Weshalb denn?», fragte ich schüchtern.

Sinaida antwortete nicht und zuckte nur die Schultern. Ich kniete noch immer vor ihr und sah sie verzagt an. Jedes ihrer Worte schnitt mir ins Herz. In diesem Moment hätte ich wohl freudig mein Leben hergegeben, nur damit sie sich nicht quälte. Ich sah sie an und stellte mir vor, auch wenn ich die Ursache für ihre Traurigkeit nicht verstand, wie sie von maßlosem Kummer überwältigt in den Park gegangen und dort zu Boden gesunken war. Alles ringsum war licht und grün; der Wind strich durch die Blätter der Bäume und ließ hin und wieder einen langen Himbeerzweig über Sinaidas Kopf schwanken. Irgendwo gurrten Tauben, summend flogen Bienen dicht über das spärliche Gras. Der Himmel strahlte in freundlichem Blau, mir aber war traurig zumute …

«Sagen Sie doch ein Gedicht auf.» Sinaida stützte sich auf den Ellbogen. «Ich mag es, wenn Sie Gedichte aufsagen. Sie singen dann geradezu, aber das macht nichts, das ist die Jugend. Sprechen Sie ‹Auf Grusiens Hügeln›. Aber setzen Sie sich erst einmal.»

Ich setzte mich und deklamierte «Auf Grusiens Hügeln».

«Weil's ihr unmöglich, nicht zu lieben», wiederholte Sinaida. «Das ist das Gute an der Poesie: sie spricht über etwas, das es nicht gibt und das nicht nur besser ist als das, was es gibt, sondern sogar wahrer. Weil's ihr unmöglich, nicht zu lieben – auch wenn sie es wollte, sie kann es nicht!»

Wieder verstummte sie, fuhr dann plötzlich zusammen und stand auf.

«Kommen Sie. Majdanow wartet bei Mama; er hat sein Poem mitgebracht, doch ich habe ihn alleingelassen. Er ist jetzt auch verstimmt ... Da kann man nichts machen! Eines Tages werden Sie es erfahren ... bitte, seien Sie mir dann nicht böse!»

Hastig drückte mir Sinaida die Hand und lief voran. Wir kehrten ins Haus zurück. Majdanow begann seinen eben erschienenen «Mörder» vorzutragen, doch ich hörte nicht zu. Er schrie seine vierfüßigen Jamben in einem Singsang heraus, Rhythmus folgte auf Rhythmus, es klang wie Schellengeläut, hohl und laut, ich aber sah nur immer Sinaida an und versuchte zu verstehen, was ihre letzten Worte wohl bedeuteten.

«Hat gar ein heimlich Nebenbuhler
unerwartet dich bestrickt? ...»

... rief Majdanow plötzlich näselnd, und unsere Blicke – der meine und Sinaidas – trafen sich. Sie senkte die Augen und errötete. Ich sah, dass sie errötete, und erstarrte vor Schreck. Schon zuvor war ich eifersüchtig gewesen, doch erst jetzt blitzte der Gedanke in meinem Bewusstsein auf, dass sie jemanden liebte: «Mein Gott! Sie liebt!»

X

Von diesem Moment an begannen meine wahren Qualen. Ich zerbrach mir den Kopf, grübelte, verwarf meine Vermutungen und beobachtete Sinaida nun unablässig, wenn auch heimlich, soweit dies möglich war. Eine Veränderung war mit ihr vorgegangen, das war offensichtlich. Sie ging nun allein spazieren und blieb lange fort. Oder sie saß stundenlang in ihrem Zimmer und kam auch nicht heraus, wenn Besuch da war. Früher hatte man das von ihr nie gekannt. Ich wurde plötzlich ganz scharfsinnig, oder schien es mir nur so? «Ob er es ist? Oder dieser hier?», fragte ich mich und ging in Gedanken sämtliche ihrer Verehrer durch. Graf Malewski schien mir gefährlicher als alle anderen zu sein (obwohl es mir für Sinaida peinlich war, dies einzugestehen).

Mein Scharfsinn reichte allerdings nicht weiter als bis zu meiner Nasenspitze, und meine Heimlichtuerei blieb vermutlich niemandem verborgen; zumindest Doktor Luschin hatte mich bald durchschaut. Doch auch er hatte sich in der letzten Zeit verändert: er war mager geworden, lachte zwar ebenso häufig, doch irgendwie tonloser, böser und knapper, eine unwillkürliche, nervöse Gereiztheit war an die Stelle des früheren gespielten Zynismus und der leichten Ironie getreten.

«Was treibt Sie eigentlich dauernd her, junger Mann», sagte er eines Tages zu mir, als wir allein im Salon der Sassekins saßen. (Die junge Fürstin war noch nicht vom Spaziergang zurückgekehrt, und die kreischende Stimme ihrer Mutter ertönte vom Dachgeschoss her: sie schimpfte ihr Mädchen aus.) «Sie sollten sich besser ihren Studien widmen und arbeiten, solange sie jung sind. Und Sie, was tun Sie?»

«Sie können gar nicht wissen, ob ich zu Hause arbeite», entgegnete ich herablassend, doch auch verlegen.

«Was heißt arbeiten! Sie haben ganz anderes im Sinn! Aber ich will nicht mit Ihnen streiten … in Ihrem Alter ist das ganz natürlich. Nur Ihre Wahl ist verfehlt. Sehen Sie denn nicht, was für ein Haus das ist?»

«Ich verstehe Sie nicht.»

«Sie verstehen nicht? Umso schlimmer für Sie. Ich halte es für meine Pflicht, Sie zu warnen. Unsereiner kann als alter Junggeselle hier verkehren, was soll schon passieren? Wir sind abgebrüht, uns kann nichts aus der Bahn werfen; Sie aber sind noch ein zartes Pflänzchen; die hiesige Luft schadet Ihnen – glauben Sie mir, Sie können sich infizieren.»

«Wie meinen Sie das?»

«Genau so, wie ich es sage. Sind Sie etwa gesund? In normaler Verfassung? Ist etwa das, was Sie fühlen, gut für Sie?»

«Was fühle ich denn?», sagte ich, musste aber eingestehen, dass der Doktor im Recht war.

«Ach, junger Mann, junger Mann», fuhr der Doktor mit einem Ausdruck fort, als läge in diesen Worten etwas überaus Kränkendes, «weshalb verstellen Sie sich? Ihnen kann man ja Gott sei Dank noch alles am Gesicht ablesen. Im Übrigen, was soll das Gerede? Ich würde auch nicht herkommen, wenn (der Doktor biss die Zähne zusammen) … wenn ich nicht ein ebensolcher Kauz wäre. Nur über eines wundere ich mich: wie können Sie, mit Ihrem Verstand, nicht sehen, was um Sie herum vorgeht?»

«Was geht denn vor?», griff ich seine Worte auf und spitzte die Ohren.

Der Doktor sah mich spöttisch und mitleidig an.

«Was tue ich da eigentlich», sagte er gleichsam zu sich selbst, «wozu sage ich ihm das? Kurz», fügte er lauter hinzu, «ich wiederhole: die hiesige Atmosphäre ist nichts für Sie. Sie fühlen sich wohl hier? Das hat nichts zu bedeuten. Auch in einer Orangerie duftet es gut, leben aber kann man dort nicht. He, hören Sie auf mich, nehmen Sie sich wieder den Kajdanow vor!»

Die alte Fürstin kam herein und klagte über Zahnschmerzen. Dann erschien Sinaida.

«Herr Doktor», sagte die Fürstin, «schimpfen Sie mit ihr. Den ganzen Tag trinkt sie Wasser mit Eis; das ist doch schädlich, bei ihrer schwachen Brust.»

«Wieso tun Sie das?», fragte Luschin.

«Und was soll daran schlimm sein?»

«Was? Sie könnten sich erkälten und sterben.»

«Tatsächlich? Was Sie nicht sagen. Was soll's – das ist uns allen beschieden.»

«Tja!», murmelte der Doktor. Die Fürstin ging hinaus.

«Tja», wiederholte Sinaida. «Ist es etwa eine Freude zu leben? Schauen Sie sich doch um ... Was soll daran gut sein? Oder denken Sie, dass ich das nicht begreife, nicht empfinde? Es macht mir Spaß, Wasser mit Eis zu trinken, wollen Sie ernsthaft behaupten, dass dieses Leben zu wertvoll ist, um es aufs Spiel zu setzen, für einen Augenblick der Freude, vom Glück ganz zu schweigen?»

«Ja, ja», sagte Luschin, «Launen und Unabhängigkeit ... Diese beiden Worte charakterisieren Sie: in diesen beiden Worten liegt Ihr ganzes Wesen.»

Sinaida lachte nervös.

«Das ist Schnee von gestern, lieber Doktor. Schlecht beobachtet. Sie haben den Anschluss verpasst. Setzen Sie die Brille auf. Mir ist nicht nach Launen zumute; Sie oder mich zum Narren zu halten … die Zeiten sind vorbei! Und was die Unabhängigkeit betrifft … Monsieur Woldemar», rief Sinaida plötzlich und stampfte mit dem Fuß auf, «ziehen Sie nicht so ein melancholisches Gesicht. Ich kann es nicht leiden, wenn man mich bedauert.»

Und sie entfernte sich schnell.

«Die hiesige Atmosphäre schadet Ihnen, junger Mann, sie schadet Ihnen», sagte Luschin noch einmal.

XI

Am Abend desselben Tages kamen bei den Sassekins die üblichen Gäste zusammen; auch ich war darunter. Man unterhielt sich über Majdanows Poem; Sinaida lobte es aus vollem Herzen.

«Doch wissen Sie», sagte sie zu ihm, «wenn ich Dichter wäre, ich würde ein anderes Sujet wählen. Vielleicht ist das alles Unsinn, doch manchmal, besonders wenn ich nicht schlafen kann, gegen Morgen, wenn der Himmel sich rosa und grau färbt, gehen mir seltsame Gedanken durch den Kopf. Ich würde zum Beispiel … Lachen Sie mich auch nicht aus?»

«Nein! Nein!», riefen wir alle im Chor.

«Ich würde», fuhr sie fort, die Arme über der Brust verschränkt, den Blick abgewandt, «ich würde eine Gruppe junger Mädchen beschreiben, nachts, in einem großen Boot, auf einem stillen Fluss. Der Mond scheint, alle sind weiß gekleidet und mit weißen Blumenkränzen geschmückt. Und sie singen, eine Art Hymne.»

«Ich verstehe, ich verstehe, fahren Sie fort», sagte Majdanow verzückt und bedeutsam.

«Plötzlich vom Ufer her Getöse, Gelächter, Fackeln, Schellengeläut … Eine Schar Bacchantinnen stürzt lärmend und singend herbei. Das Bild auszumalen, ist dann Ihnen überlassen, Herr Dichter! Nur eines wünsche ich mir, dass die Fackeln rot sind und stark rauchen und die Augen der Bacchantinnen unter den Kränzen funkeln, die Kränze aber, die sollen dunkel sein. Vergessen Sie auch Tigerfelle und Pokale nicht, und Gold, viel Gold.»

«Wo soll sich das Gold denn befinden?», fragte Majdanow, warf seine glatten Haare zurück und weitete die Nasenlöcher.

«Wo? Auf Schultern, Armen, Beinen, überall. Es heißt, in der Antike haben Frauen goldene Ringe am Knöchel getragen. Die Bacchantinnen rufen die Mädchen aus dem Boot zu sich. Die Mädchen singen nun nicht mehr, sie können plötzlich nicht weitersingen, aber sie rühren sich nicht: der Fluss trägt das Boot ans Ufer. Plötzlich erhebt sich eines der Mädchen langsam … Das muss man gut beschreiben: wie sie im Mondlicht leise aufsteht und wie ihre Freundinnen erschrecken … Sie steigt über den Bootsrand, die Bacchantinnen umringen sie und reißen sie mit sich fort, ins Dunkel der Nacht … Rauch steigt in Wolken auf, alles verschwimmt. Man hört nur noch ihr Kreischen, der Kranz aber bleibt am Ufer zurück.»

Sinaida verstummte.

«Oh ja, sie liebt», dachte ich wieder.

«Und das ist alles?», fragte Majdanow.

«Das ist alles», entgegnete sie.

«Für ein ganzes Poem reicht das Sujet nicht aus», bemerkte

er wichtigtuerisch, «für ein lyrisches Gedicht aber werde ich Ihre Gedanken verwenden.»

«In romantischer Manier?», fragte Malewski.

«Natürlich, in romantischer Manier, à la Byron.»

«Meiner Meinung nach ist Hugo besser als Byron», warf der junge Graf von oben herab ein. «Er ist interessanter.»

«Hugo ist ein Schriftsteller ersten Ranges», entgegnete Majdanow, «mein Bekannter Tonkoschejew hat in seinem spanischen Roman ‹El Trovador› …»

«Ach, ist es das Buch mit den auf dem Kopf stehenden Fragezeichen?», unterbrach ihn Sinaida.

«Ja. So ist es in Spanien üblich. Ich wollte sagen, dass Tonkoschejew …»

«Sie fangen ja schon wieder eine Debatte über den Klassizismus und die Romantik an», unterbrach ihn Sinaida ein zweites Mal. «Lassen Sie uns lieber etwas spielen …»

«Das Pfänderspiel?», fragte Luschin.

«Nein, das ist langweilig; lieber Vergleichen.»

(Dieses Spiel hatte sich Sinaida ausgedacht: ein Gegenstand wurde genannt und man musste versuchen, ihn mit etwas zu vergleichen, der, der den besten Vergleich fand, bekam einen Preis.)

Sie trat ans Fenster. Die Sonne war gerade untergegangen: hoch am Himmel standen langgezogene rote Wolken.

«Wie sehen diese Wolken aus?», fragte Sinaida und sagte, ohne unsere Antwort abzuwarten: «Ich finde, sie sehen aus wie die Purpursegel am goldenen Schiff der Kleopatra, als sie zu Antonius fuhr. Sie haben mir doch vor kurzem davon erzählt, Majdanow!»

Wie Polonius im «Hamlet» kamen wir alle zu dem Schluss,

dass die Wolken tatsächlich an jene Segel erinnerten und niemand von uns einen besseren Vergleich finden würde.

«Wie alt war Antonius damals eigentlich?», fragte Sinaida.

«Er wird jung gewesen sein», sagte Malewski.

«Ja, jung», bestätigte Majdanow im Brustton der Überzeugung.

«Ich bitte Sie», rief Luschin, «er war über vierzig.»

«Über vierzig», wiederholte Sinaida und warf ihm einen Blick zu.

Ich ging bald nach Hause. «Sie liebt», flüsterten meine Lippen unwillkürlich. «Aber wen?»

XII

Die Tage vergingen. Sinaida wurde immer merkwürdiger und unverständlicher. Einmal kam ich zu ihr und traf sie auf einem Korbstuhl sitzend an, den Kopf gegen eine scharfe Kante des Tisches gelehnt. Sie richtete sich auf ... ihr Gesicht war tränenüberströmt.

«Ah! Sie sind es!», sagte sie mit bitterem Lachen. «Kommen Sie mal her.»

Ich trat zu ihr. Sie legte mir die Hand auf den Kopf, packte mich plötzlich bei den Haaren und zog daran.

«Das tut weh ...», sagte ich.

«Ach so! Weh! Und mir, tut es mir etwa nicht weh? Tut es mir nicht weh?», wiederholte sie.

«Oh je!», rief sie plötzlich, als sie sah, dass sie mir ein kleines Haarbüschel ausgerissen hatte. «Was habe ich getan? Mein armer Monsieur Woldemar!»

Behutsam glättete sie die ausgerissenen Haare, wickelte sie um ihren Finger und drehte einen Ring daraus.

«Ich will Ihre Haare in mein Medaillon stecken und sie immer bei mir tragen», sagte sie, und wieder glänzten Tränen in ihren Augen. «Vielleicht wird Ihnen das ein kleiner Trost sein … jetzt aber leben Sie wohl.»

Ich kehrte nach Hause zurück und wurde dort Zeuge einer unangenehmen Szene. Mutter hatte eine Auseinandersetzung mit Vater. Sie warf ihm etwas vor, er aber schwieg höflich und kühl, wie er es immer tat, und verließ bald darauf das Haus. Ich konnte nicht verstehen, worüber Mutter sprach, es interessierte mich auch nicht; ich weiß nur noch, dass sie mich nach dem Ende der Unterredung in ihr Kabinett rufen ließ und sich ungehalten über meine häufigen Besuche im Hause der Fürstin äußerte, die ihren Worten zufolge *une femme capable de tout* sei. Ich küsste ihr die Hand (das tat ich stets, wenn ich ein Gespräch beenden wollte) und ging in mein Zimmer. Sinaidas Tränen hatten mich völlig aus der Fassung gebracht; ich wusste nicht mehr, was ich denken sollte, und war kurz davor, selbst zu weinen, ich war ja tatsächlich noch ein Kind, trotz meiner sechzehn Jahre. An Malewski dachte ich gar nicht mehr, obwohl Belowsorow mit jedem Tag aufgebrachter wurde und den windigen Grafen belauerte wie der Wolf den Hammel; ich dachte überhaupt an nichts und niemanden. Ich erging mich in Mutmaßungen und zog mich immer mehr zurück. Besonders die Ruinen der Orangerie hatten es mir angetan. Oft kletterte ich auf die hohe Mauer und saß dort so unglücklich, einsam und traurig herum, dass ich mir selbst leid tat – wie sehr ich diese traurigen Empfindungen genoss, wie ich mich an ihnen berauschte! …

Eines Tages saß ich wieder auf der Mauer, schaute in die Ferne und lauschte dem Glockengeläut … Plötzlich überlief es mich kalt, ein Windstoß war es nicht, auch kein Zittern, vielmehr ein Hauch, als nähere sich jemand … Ich schaute hinab. Unten lief eilig, einen rosa Sonnenschirm über der Schulter, in einem leichten grauen Kleid Sinaida den Weg entlang. Als sie mich erblickte, blieb sie stehen, bog den Rand ihres Strohhuts zurück und hob ihre samtenen Augen zu mir empor.

«Was tun Sie denn da oben?», fragte sie mich mit einem merkwürdigen Lächeln. «Übrigens, Sie beteuern doch ständig, dass Sie mich lieben», fuhr sie fort, «springen Sie zu mir herunter, wenn Sie mich tatsächlich lieben.»

Sinaida hatte diese Worte kaum ausgesprochen, als ich auch schon nach unten flog, ganz so, als hätte mich jemand von hinten hinabgestoßen. Die Mauer war etwa vier Meter hoch. Ich kam mit den Füßen auf dem Boden auf, doch der Aufprall war so stark, dass ich stürzte und für einen Moment das Bewusstsein verlor. Als ich wieder zu mir gekommen war, spürte ich, noch ehe ich die Augen aufgeschlagen hatte, Sinaida neben mir.

«Mein lieber Junge», sagte sie über mich gebeugt, ihre Stimme klang beunruhigt und voller Zärtlichkeit, «wie konntest du das nur tun, wieso hast du auf mich gehört … Ich liebe dich doch … steh auf.»

Ihre Brust atmete neben mir, ihre Hände berührten meinen Kopf, wie aber wurde mir zumute, als ihre weichen, frischen Lippen plötzlich mein Gesicht mit Küssen bedeckten … und meinen Mund berührten … Doch obwohl ich die Augen noch immer geschlossen hielt, bemerkte Sinaida offenbar an meinem Gesichtsausdruck, dass ich wieder zu mir gekommen war, erhob sich schnell und sagte:

«So stehen Sie schon auf, Sie verrückter Schlingel; wieso liegen Sie im Staub herum?»

Ich erhob mich.

«Geben Sie mir meinen Sonnenschirm», sagte Sinaida, «schauen Sie nur, wohin ich ihn geworfen habe; und sehen Sie mich nicht so an … was soll dieser Unsinn? Haben Sie sich wehgetan? Vielleicht an den Brennnesseln verbrannt? Ich habe gesagt, Sie sollen mich nicht so ansehen … Er begreift nicht und antwortet auch nicht», murmelte sie vor sich hin. «Gehen Sie nach Hause, Monsieur Woldemar, ziehen Sie sich um und wagen Sie ja nicht, mir zu folgen, sonst werde ich böse und werde nie mehr …»

Sie sprach nicht zu Ende und entfernte sich eilig, ich aber setzte mich auf dem Weg nieder, meine Beine versagten den Dienst. Die Brennnesseln hatten mir die Hände verbrannt, mein Rücken tat weh und mir schwindelte; das Gefühl der Wonne jedoch, das ich damals empfand, sollte sich in meinem Leben nie mehr wiederholen. Als süßer Schmerz durchdrang es all meine Glieder und brach sich schließlich in begeisterten Sprüngen und Ausrufen Bahn. Ich war tatsächlich noch ein Kind.

XIII

An diesem Tag war ich so froh und stolz, bewahrte die Empfindung von Sinaidas Küssen so lebhaft auf meinem Gesicht, erinnerte mich so begeistert und bebend an jedes ihrer Worte, ergötzte mich so sehr an meinem unverhofften Glück, dass mir sogar bange wurde und ich mich fürchtete, die Urheberin dieser neuen Empfindungen wiederzusehen. Mir schien, ich dürfte nun nichts mehr vom Schicksal erwarten, «ein letztes Mal atmen aus voller Brust und dann sterben» – das war alles, was noch kommen würde. Als ich am nächsten Tag zu den Nachbarn ging, war ich sehr verlegen. Vergeblich suchte ich dies unter einer Maske zurückhaltender Zwanglosigkeit zu verbergen, wie ein Mensch, der zu verstehen geben möchte, dass er ein Geheimnis zu wahren weiß. Sinaida begrüßte mich sehr ungezwungen und unaufgeregt, drohte nur mit dem Finger und fragte, ob ich keine blauen Flecken hätte. Augenblicklich schwanden meine zurückhaltende Zwanglosigkeit und Heimlichtuerei dahin und zugleich auch meine Verlegenheit. Ich hatte natürlich nichts Besonderes erwartet, Sinaidas Gelassenheit aber war wie ein kalter Wasserguss für mich. Ich war ein Kind in ihren Augen, das wurde mir nun klar. Schwer wurde mir ums Herz! Sinaida ging im Zimmer auf und ab und lächelte jedes Mal, wenn sie mich anschaute; mit ihren Gedanken aber war sie weit weg, das sah ich deutlich … Ob ich selbst vom gestrigen Vorfall reden sollte, ging mir durch den Kopf, sie fragen, wohin sie so schnell gegangen sei, um ein für allemal zu erfahren …, doch ich ließ es bleiben und setzte mich in eine Ecke.

Ich freute mich, als Belowsorow hereinkam.

«Ich habe kein fügsames Reitpferd für Sie finden können», sagte er mit rauer Stimme, «Freitag verbürgt sich zwar für eines, aber ich bin mir nicht sicher. Es macht mir Angst.»

«Was macht Ihnen denn Angst, wenn ich fragen darf», sagte Sinaida.

«Was? Sie können doch nicht reiten. Gott verhüte, dass etwas passiert. Wie kommen Sie bloß plötzlich darauf?»

«Tja, das ist meine Angelegenheit, Monsieur Raubtier. Wenn das so ist, werde ich Pjotr Wassiljewitsch fragen … (Mein Vater hieß Pjotr Wassiljewitsch. Ich wunderte mich, dass sie so beiläufig und ungezwungen seinen Namen erwähnte, als sei sie sicher, dass er ihr behilflich sein würde.)

«Aha», entgegnete Belowsorow. «Mit ihm also wollen Sie ausreiten.»

«Ob mit ihm oder jemand anderem, das geht Sie nichts an. Auf jeden Fall nicht mit Ihnen.»

«Nicht mit mir», wiederholte Belowsorow. «Wie Sie wünschen. Und wenn schon! Ich werde Ihnen ein Pferd besorgen.»

«Aber bloß keine alte Mähre; ich habe Ihnen ja gesagt, dass ich galoppieren will.»

«Galoppieren Sie nur ... Mit wem wollen Sie denn nun ausreiten? Mit Malewski etwa?»

«Ja, warum eigentlich nicht mit ihm, mein Kämpe? Aber, seien Sie unbesorgt», fügte sie hinzu, «und funkeln Sie nicht so mit den Augen. Sie können auch mitkommen. Wissen Sie nicht, dass mir Malewski gestohlen bleiben kann!»

Sie schüttelte den Kopf.

«Das sagen Sie nur, um mich zu trösten», brummte Belowsorow.

Sinaida kniff die Augen zusammen.

«Das tröstet Sie? ... Oh ... oh ... oh ..., mein Kämpe!», sagte sie schließlich, als fände Sie kein anderes Wort. «Und Sie, Monsieur Woldemar, wollen Sie auch mitkommen?»

«Ich reite nicht gern in größerer Gesellschaft aus ...», murmelte ich, ohne den Blick zu heben.

«Sie bevorzugen das Tête-à-Tête? ... Nun, des Menschen Wille ist sein Himmelreich», sagte sie seufzend. «Dann gehen Sie jetzt, Belowsorow, und kümmern Sie sich darum. Ich brauche das Pferd bis morgen.»

«Tja; und das Geld, woher soll das kommen?», mischte sich die alte Fürstin ein.

Sinaida runzelte die Stirn.

«Ich werde Sie nicht darum bitten; Belowsorow vertraut mir.»

«Vertraut mir … vertraut mir …», brummte die Fürstin und schrie plötzlich aus vollem Halse: «Dunjaschka!»

«Maman, ich habe Ihnen doch ein Glöckchen geschenkt», bemerkte Sinaida.

«Dunjaschka!», rief die alte Fürstin noch einmal.

Belowsorow verabschiedete sich; ich folgte ihm. Sinaida hielt mich nicht zurück.

XIV

Am nächsten Tag stand ich früh auf, schnitt mir einen Stock zurecht und wanderte zum Tor hinaus. Ich wollte meinen Kummer vertreiben. Es war ein herrlicher, heller, nicht allzu heißer Tag; ein heiterer, frischer Wind strich übers Land, er rauschte sacht, flatterte spielend dahin und ließ alles ringsum leise erbeben. Lange wanderte ich über die Hügel, durch die Wälder; dass ich glücklich gewesen wäre, kann ich nicht sagen, ich hatte das Haus in der Absicht verlassen, mich der Schwermut hinzugeben, doch die Jugend, das herrliche Wetter, die frische Luft, die Freude an dem schnellen Tempo, mit dem ich ausschritt, die Wonne des Rastens im dichten Gras taten das Ihre: die Erinnerung an jene unvergesslichen Worte und Küsse stieg wieder in mir auf. Wie angenehm mir zumute war, während ich daran dachte, dass Sinaida meine Entschlossenheit, meinen Heldenmut nun zu würdigen wusste ... «Andere sind ihr wichtiger», dachte ich, «na, wenn schon! Dafür reden die anderen nur davon, etwas für sie tun zu wollen, ich aber habe es getan. Und ich bin bereit, noch mehr für sie zu tun.»

Meine Phantasie ging mit mir durch. Ich malte mir aus, wie ich sie aus den Händen von Feinden erretten und, selbst blutüberströmt, aus einem Kerker befreien und zu ihren Füßen sterben würde. Ich musste an das Bild denken, das bei uns im Salon hing: Malek-Adel, der Mathilde entführt. Bald aber beobachtete ich einen großen Buntspecht, der plötzlich aufgetaucht war, geschäftig den dünnen Stamm einer Birke emporkletterte und furchtsam dahinter hervorspähte, bald nach rechts, bald nach links, wie ein Musiker hinter dem Hals eines Kontrabasses. Dann fing ich an zu singen, das Lied vom weißen Schnee, und ging dann zu der Romanze «Ich wart auf dich, wenn der Windhauch spielt» über, die damals in aller Munde war, deklamierte laut Jermaks Rede an die Sterne aus Chomjakows Tragödie, versuchte, etwas in sentimentaler Manier zu dichten, dachte mir sogar eine Zeile aus, die das Gedicht beschließen sollte: «Oh, Sinaida! Sinaida!», doch letztlich kam nichts dabei heraus. Inzwischen war die Zeit des Mittagessens gekommen. Ich stieg ins Tal hinab, durch das ein schmaler, gewundener Sandweg in die Stadt führte. Diesen Weg ging ich entlang, als hinter mir plötzlich das dumpfe Getrappel von Pferdehufen ertönte. Ich schaute mich um, blieb unwillkürlich stehen und nahm die Mütze ab: es waren mein Vater und Sinaida. Sie ritten nebeneinander. Vater beugte sich mit dem ganzen Körper zu ihr hinüber, wobei er sich mit dem Arm auf dem Hals ihres Pferdes abstützte, und sagte etwas zu ihr; er lächelte. Sinaida hörte schweigend zu, den strengen Blick gesenkt und die Lippen zusammengepresst. Zuerst hatte ich nur sie beide gesehen, einen Augenblick später aber kam Belowsorow in Husarenuniform mit dazugehörigem Pelzüberwurf hinter einer Biegung auf einem schaumbedeckten Rappen zum Vorschein. Das stattliche Pferd warf den Kopf hin und her, schnaubte und tänzelte, der Reiter zügelte es und gab ihm die Sporen. Ich trat zur Seite. Vater zog die Zügel an, wandte sich von Sinaida ab, sie hob langsam den Blick zu ihm und beide preschten davon ... Belowsorow jagte ihnen säbelrasselnd hinterher. «Er ist rot wie ein Krebs», dachte ich, «und sie ... Wieso ist sie so blass? Sie ist den ganzen Vormittag geritten und ist blass?»

Ich beschleunigte meine Schritte und kam gerade noch rechtzeitig zum Mittagessen nach Hause. Vater saß schon umgekleidet, gewaschen und erfrischt neben Mutters Sessel und las ihr mit seiner ruhigen, sonoren Stimme das Feuilleton aus dem «Journal des Débats» vor. Mutter hörte jedoch nur zerstreut zu, fragte, nachdem sie mich erblickt hatte, wo ich den ganzen Tag gewesen sei, und fügte hinzu, dass sie es nicht liebe, wenn ich mich wer weiß wo und mit wem herumtriebe.

«Ich war doch allein spazieren», wollte ich entgegnen, sah jedoch Vater an und sagte nichts.

XV

In den folgenden fünf, sechs Tagen sah ich Sinaida kaum: sie ließ uns wissen, sie sei krank, was die üblichen Besucher allerdings nicht daran hinderte, ihren Dienst anzutreten, wie sie sich ausdrückten, außer Majdanow, der sogleich den Kopf hängen ließ und in Trübsinn verfiel, wenn er keine Gelegenheit hatte, in Begeisterungsstürme auszubrechen. Belowsorow saß finster in der Ecke, bis oben zugeknöpft und rot angelaufen; über das schmale Gesicht des Grafen Malewski huschte ständig ein ungutes Lächeln; er war bei Sinaida tatsächlich in Ungnade gefallen, weshalb er sich mit besonderem Eifer um die alte Fürstin bemühte und sie in einer Mietkutsche zum Generalgouverneur begleitete. Diese Fahrt erwies sich übrigens als Fehlschlag, und Malewski hatte deshalb sogar Unannehmlichkeiten: man brachte ihm einen Vorfall mit gewissen Trainoffizieren in Erinnerung, und er musste erklären, dass er damals noch unerfahren gewesen sei. Luschin kam zwei Mal am Tag, blieb aber nicht lange; nach unserem letzten Gespräch fürchtete ich ihn ein wenig, gleichzeitig aber hegte ich große Sympathie für ihn. Eines Tages hatte er mit mir einen Spaziergang in den Neskutschny-Park unternommen, war sehr nett und liebenswürdig gewesen, hatte mir die Namen und Eigenschaften verschiedener Gräser und Blumen genannt und plötzlich aus heiterem Himmel ausgerufen, wobei er sich gegen die Stirn schlug: «Und ich Esel habe gedacht, dass sie kokett ist! Für manche ist es offenbar süß, sich für andere zu opfern.»

«Was wollen Sie damit sagen?», fragte ich.

«Ihnen will ich gar nichts sagen», entgegnete Luschin schroff.

Mich mied Sinaida: meine Anwesenheit, das blieb mir nicht verborgen, war ihr unangenehm. Sie ging mir unwillkürlich aus dem Weg … unwillkürlich – das war es, was mir zusetzte und mich schmerzte! Doch da war nichts zu machen, ich mühte mich, ihr nicht unter die Augen zu kommen, und belauerte sie aus der Ferne, was mir aber nur selten gelang. Noch immer ging etwas Unbegreifliches mit ihr vor; ihr Gesicht hatte sich verändert, sie war überhaupt ganz verändert. An einem warmen, stillen Abend, als ich unter einem großen Holunderbusch auf einer niedrigen Bank saß, fiel mir diese Veränderung ganz besonders auf. Ich liebte diesen Platz, denn von dort konnte ich Sinaidas Fenster sehen. Über meinem Kopf hüpfte emsig ein kleiner Vogel durchs dunkler werdende Blattwerk, eine graue Katze streifte, den Rücken ausgestreckt, vorsichtig durch den Park, und die ersten Käfer brummten in der dämmrigen Luft. Ich saß da, schaute zu ihrem Fenster hinüber und wartete, ob es sich vielleicht öffnen würde: und tatsächlich, es ging auf und Sinaida erschien. Sie trug ein weißes Kleid, und auch sie selbst, ihr Gesicht, ihre Schultern, ihre Hände, waren weiß wie Schnee. Lange stand sie unbeweglich da, lange schaute sie starr unter den zusammengezogenen Brauen in die Ferne. Einen solchen Blick hatte ich noch nie bei ihr gesehen. Dann presste sie die Hände zusammen, ganz fest, drückte sie gegen die Lippen, die Stirn, riss plötzlich die Finger auseinander, warf die Haare von den Ohren zurück, schüttelte sie, reckte entschlossen den Kopf in die Höhe und schlug das Fenster zu.

Drei Tage später begegneten wir uns im Park. Ich wollte ihr ausweichen, sie aber hielt mich auf.

«Reichen Sie mir den Arm», sagte sie so freundlich wie immer, «wir haben lange nicht geplaudert.»

Ich blickte sie an: ihre Augen leuchteten still, das Gesicht lächelte wie umflort.

«Sind Sie noch immer krank?», fragte ich.

«Nein, jetzt ist es überstanden», antwortete sie und pflückte eine kleine rote Rose. «Ich bin ein wenig erschöpft, aber auch das geht vorbei.»

«Und werden Sie wieder dieselbe sein wie früher?», fragte ich.

Sinaida hob die Rose ans Gesicht, und mir schien, als schimmere der Widerschein der leuchtenden Blütenblätter auf ihren Wangen.

«Habe ich mich denn verändert?», fragte sie.

«Ja, Sie haben sich verändert», antwortete ich leise.

«Ich war kühl zu Ihnen, ich weiß», begann Sinaida, «doch Sie sollten nichts darauf geben … Ich konnte nicht anders … Ach, lassen wir das lieber!»

«Sie wollen nicht, dass ich Sie liebe, das ist der Grund!», rief ich in einer unwillkürlichen Gefühlsaufwallung finster.

«Doch, lieben Sie mich, nur anders als früher.»

«Aber wie denn?»

«Lassen Sie uns Freunde sein!» Sinaida ließ mich an der Rose riechen. «Ich bin doch viel älter als Sie, ich könnte Ihre Tante sein; nun gut, die Tante nicht, aber Ihre ältere Schwester. Sie aber …»

«Sie halten mich für ein Kind …», unterbrach ich sie.

«Tja, das stimmt, aber ein liebes, gutes, kluges Kind, das ich sehr liebe. Wissen Sie was? Mit dem heutigen Tag ernenne ich Sie zu meinem Pagen; vergessen Sie nicht, dass sich Pagen stets in der Nähe ihrer Herrschaft aufhalten müssen. Und dies ist das Zeichen Ihrer neuen Würde», fügte sie hinzu und steckte mir die Rose ins Knopfloch, «das Zeichen Unserer Huld.»

«Früher habe ich andere Zeichen Ihrer Huld erhalten», murmelte ich.

«Oh!», sagte Sinaida und schaute mich von der Seite an. «Was für ein Gedächtnis er hat! Nun, auch jetzt habe ich nichts dagegen …»

Sie neigte sich mir zu und drückte mir einen reinen, ruhigen Kuss auf die Stirn.

Ich schaute sie nur an, sie aber wandte sich ab und sagte: «Dann kommen Sie, mein Page», und schlug den Heimweg ein.

Ich folgte ihr und staunte noch immer.

«Ist dieses sanfte, vernünftige Mädchen tatsächlich dieselbe Sinaida, die ich kannte?», dachte ich.

Auch ihr Gang schien mir gemessener und die ganze Gestalt würdevoller und auch schlanker …

Mein Gott! Mit welcher neuen Kraft die Liebe in mir entbrannt war!

XVI

Am Nachmittag kam bei den Nachbarn wieder die Gästeschar zusammen, und diesmal erschien auch Sinaida im Salon. Die gesamte Gesellschaft war vollständig versammelt, wie an jenem ersten, für mich unvergesslichen Abend: sogar Nirmazki hatte sich hergeschleppt; Majdanow war diesmal früher als alle anderen gekommen und hatte neue Verse mitgebracht. Wieder spielten wir das Pfänderspiel, doch ohne die früheren seltsamen Einfälle, ohne Unfug und ohne Lärm – das draufgängerische Element war dahin. Sinaida hatte unserer Zusammenkunft einen neuen Akzent verliehen. Gemäß meinem Recht als Page saß ich neben ihr. Unter anderem schlug sie vor, dass der, dessen Pfand gezogen wurde, einen Traum erzählen sollte; doch das misslang. Entweder waren die Träume uninteressant (Belowsorow beispielsweise hatte geträumt, dass er sein Pferd, das einen hölzernen Kopf gehabt habe, mit Karauschen gefüttert hätte) oder an den Haaren herbeigezogen und erfunden. Majdanow tischte uns einen ganzen Roman auf, in dem Grüfte,

Engel mit Leiern, sprechende Blumen und von fern herbeigewehte Laute eine Rolle spielten, Sinaida aber unterbrach ihn.

«Wenn wir schon ins Phantasieren geraten», sagte sie, «dann soll sich jeder etwas ausdenken.»

Wieder war Belowsorow zuerst an der Reihe.

Der junge Husar geriet in Verlegenheit.

«Ich kann mir nichts ausdenken!», rief er.

«Das ist doch nicht schwer!», sagte Sinaida. «Stellen Sie sich zum Beispiel vor, Sie seien verheiratet. Erzählen Sie uns, wie das Leben mit Ihrer Frau aussähe. Würden Sie sie einsperren?»

«Ja, ich würde sie einsperren.»

«Und Sie, würden Sie bei ihr bleiben?»

«Unbedingt.»

«Wunderbar. Und wenn sie das satt hätte und Ihnen untreu würde?»

«Dann würde ich sie umbringen.»

«Und wenn sie fliehen würde?»

«Dann würde ich sie einholen und ebenfalls umbringen.»

«Aha. Nun, und angenommen, ich wäre Ihre Frau, was würden Sie dann tun?»

Belowsorow schwieg.

«Dann würde ich mich selbst umbringen …»

Sinaida lachte.

«Wie ich sehe, machen Sie nicht viel Federlesens.»

Das zweite Pfand gehörte Sinaida. Sie hob den Blick zur Decke und überlegte.

«So hören Sie denn», begann sie schließlich, «was ich mir ausgedacht habe … Stellen Sie sich einen prunkvollen Palast vor, eine Sommernacht und einen glänzenden Ball. Den Ball gibt eine junge Königin. Überall Gold, Marmor, Kristall, Seide,

Lichter, Brillanten, Blumen, Räucherwerk, sämtliche Spielarten des Luxus.»

«Lieben Sie Luxus?», unterbrach sie Luschin.

«Luxus ist etwas Hübsches», entgegnete sie, «ich mag alles, was hübsch ist.»

«Mehr als das Schöne?», fragte er.

«Das ist mir zu spitzfindig, das verstehe ich nicht. Unterbrechen Sie mich nicht. Also, ein prunkvoller Ball. Viele junge, schöne, verwegene Gäste, und alle sind unsterblich in die Königin verliebt.»

«Und Damen sind nicht darunter?», fragte Malewski.

«Nein, oder warten Sie, doch.»

«Sie sind wohl alle hässlich?»

«Nein, sie sind entzückend. Die Herren aber sind alle verliebt in die Königin. Sie ist groß und schlank und trägt ein kleines goldenes Diadem im schwarzen Haar.»

Ich schaute Sinaida an, und in diesem Augenblick erschien sie mir so viel größer als wir alle und von ihrer weißen Stirn, ihren reglosen Brauen ging eine solche Kraft aus, ein so reger Geist, dass ich dachte: «Du selbst bist diese Königin.»

«Alles drängt sich um sie», fuhr Sinaida fort, «und ergeht sich in den schmeichlerischsten Reden.»

«Sie liebt wohl Schmeichelworte?», fragte Luschin.

«Wie unausstehlich er ist! Dauernd unterbricht er mich … Wer liebt sie nicht?»

«Noch eine letzte Frage», warf Malewski ein, «hat die Königin einen Mann?»

«Darüber habe ich noch gar nicht nachgedacht. Nein, weshalb denn?»

«Natürlich», sagte Malewski, «weshalb denn?»

«Silence!», rief Majdanow, der schlecht Französisch sprach.

«Merci», sagte Sinaida zu ihm, «die Königin lauscht also den Reden, sie lauscht der Musik, schaut aber keinen der Gäste an. Sechs Fenster sind weit geöffnet, sie reichen vom Boden bis zur Decke; dahinter der dunkle, sternenübersäte Himmel und ein dunkler Park mit großen Bäumen. Die Königin blickt in den Park. Zwischen den Bäumen schimmert im Finstern, weiß wie ein Gespenst, ein hoch aufsteigender Springbrunnen. Durch das Stimmengewirr und die Musik vernimmt sie das leise Plätschern des Wassers. Sie schaut und denkt: ihr alle, meine Herren, seid edel, klug und reich, ihr umringt mich, gebt acht auf jedes meiner Worte, seid bereit, zu meinen Füßen zu sterben, ich beherrsche euch ... Dort aber, beim Springbrunnen, beim plätschernden Wasser, erwartet mich der, den ich liebe, der mich beherrscht. Er trägt weder prunkvolle Kleider noch Edelsteine, niemand kennt ihn, doch er wartet auf mich und ist sicher, dass ich kommen werde – und ich werde kommen, keine Macht der Welt kann mich davon abhalten, zu ihm zu gehen, bei ihm zu bleiben und mich mit ihm in der Dunkelheit des Parks zu verlieren, beim Rauschen der Bäume und dem Plätschern des Springbrunnens ...»

Sinaida verstummte.

«Und das haben Sie sich ausgedacht?», fragte Malewski listig.

Sinaida würdigte ihn nicht einmal eines Blickes.

«Und was würden wir tun, meine Herren», ließ sich plötzlich Luschin vernehmen, «wenn wir unter den Gästen wären und wüssten, wer der Glückspilz am Springbrunnen ist?»

«Warten Sie», unterbrach ihn Sinaida, «ich will Ihnen selbst sagen, was jeder von Ihnen täte. Sie, Belowsorow, würden ihn zum Duell fordern; Sie, Majdanow, schrieben ein Epigramm auf ihn … Ach nein, Epigramme sind Ihre Sache nicht; Sie würden einen langen Jambus à la Barbier verfassen und Ihr Werk im ‹Telegraph› veröffentlichen. Sie, Nirmazki, würden sich Geld von ihm leihen … nein, Sie würden ihm Geld gegen Prozente leihen; und Sie, Doktor …» Sie hielt inne. «Was Sie tun würden, das weiß ich nicht.»

«Als Leibmedikus», entgegnete Luschin, «würde ich der Königin den Rat erteilen, keine Bälle zu geben, wenn sie anderes im Sinn hat …»

«Vielleicht hätten Sie damit Recht. Und Sie, Graf …»

«Ich?», wiederholte Malewski mit ungutem Lächeln.

«Sie würden ihm eine vergiftete Praline reichen.»

Malewski verzog leicht das Gesicht, das für einen Augenblick einen jüdisch verschlagenen Ausdruck annahm, brach dann aber in Gelächter aus.

«Und was Sie betrifft, Woldemar …», fuhr Sinaida fort, «aber es reicht; lassen Sie uns ein anderes Spiel spielen.»

«Als Page der Königin würde Monsieur Woldemar ihr die Schleppe tragen, wenn sie in den Park eilt», bemerkte Malewski giftig.

Ich wurde über und über rot, Sinaida aber legte mir rasch die Hand auf die Schulter, erhob sich und sagte mit leicht bebender Stimme:

«Ich habe Eurer Erlaucht zu keiner Zeit das Recht gegeben, frech zu sein, deshalb möchte ich Sie bitten, sich zu entfernen.» Und sie wies ihm die Tür.

«Aber ich bitte Sie, Fürstin», murmelte Malewski und wurde blass.

«Die Fürstin hat Recht», rief Belowsorow und erhob sich ebenfalls.

«Das hätte ich nie im Leben erwartet», fuhr Malewski fort, «meine Worte sollten doch nicht … nicht einmal in Gedanken wollte ich Sie kränken … Verzeihen Sie mir.»

Sinaida warf ihm einen kalten Blick zu und lächelte kühl.

«Dann bleiben Sie eben», sagte sie mit einer wegwerfenden Handbewegung. «Wir haben uns unnötig geärgert, Monsieur Woldemar und ich. Ihnen macht es Spaß zu sticheln … Wohl bekomm's.»

«Verzeihen Sie mir», wiederholte Malewski noch einmal, ich aber dachte, nachdem ich mir Sinaidas Handbewegung ins Gedächtnis gerufen hatte, dass eine echte Königin einem Frechling die Tür nicht hoheitsvoller hätte weisen können.

Nach dieser kleinen Szene brachen wir das Pfänderspiel bald ab; alle fühlten sich unwohl, nicht so sehr wegen der Szene, vielmehr wegen eines anderen, nicht klar zu benennenden, bedrückenden Gefühls. Niemand sprach darüber, doch jeder war sich dessen bewusst, bei sich selbst und bei den anderen. Majdanow trug uns seine Verse vor, und Malewski lobte sie mit übertriebenem Eifer. «Wie sehr er sich jetzt in gutem Licht zeigen will», flüsterte mir Luschin zu. Bald gingen wir auseinander. Sinaida war nachdenklich geworden; die alte Fürstin ließ ausrichten, sie habe Kopfschmerzen; Nirmazki klagte über seinen üblichen Rheumatismus …

Lange konnte ich nicht einschlafen, Sinaidas Geschichte hatte mich aufgewühlt.

«Und wenn das wirklich eine Anspielung war?», fragte ich mich. «Aber auf wen, auf wen nur wollte sie anspielen? Wenn es tatsächlich jemanden gibt, auf den sie anspielen wollte … Was würde daraus folgen? Nein, nein, das kann nicht sein», flüsterte ich und drehte mein glühendes Gesicht im Kissen hin und her … Ich musste an Sinaidas Gesichtsausdruck denken, während sie erzählt hatte … und auch an Luschins Worte im Neskutschny-Park, an die jähe Veränderung in ihrem Verhalten zu mir, und ich verlor mich in Vermutungen. «Wer ist es?» Diese drei Worte standen mir in der Finsternis deutlich vor Augen; eine unheilvolle Wolke hing tief über mir, ich spürte ihren Druck und erwartete, dass sie sich jeden Moment entladen würde. An vieles hatte ich mich in der letzten Zeit gewöhnt, vieles hatte ich bei den Sassekins zu Gesicht bekommen: ihre Liederlichkeit, die Stummel der Talglichter, die zerbrochenen Messer und Gabeln, den finsteren Wonifati, die zerlumpten Dienstmädchen, die Manieren der alten Fürstin – dieses ganze merkwürdige Leben erstaunte mich inzwischen nicht mehr … Doch daran, was ich nun undeutlich bei Sinaida ahnte, konnte ich mich nicht gewöhnen … Abenteuerin hatte meine Mutter sie einmal genannt. Abenteuerin – sie, mein Idol, meine Göttin! Dieses Wort quälte mich, ich versuchte, ihm ins Kopfkissen zu entfliehen, es empörte mich, aber gleichzeitig, was hätte ich nicht dafür gegeben, worauf mich nicht eingelassen, nur um jener Glückliche am Springbrunnen zu sein!

Mein Blut war in Wallung geraten, mir schwindelte. «Park … Springbrunnen …», ging mir durch den Kopf. «Ich will in den Park hinausgehen.» Schnell zog ich mich an und schlüpfte aus dem Haus. Die Nacht war dunkel, sacht rauschten die Bäume; es war kühl, aus dem Gemüsegarten duftete es nach Dill. Ich wanderte durch sämtliche Alleen; das leise Geräusch meiner Schritte verwirrte und ermunterte mich zugleich; immer wieder blieb ich stehen, wartete und lauschte meinem Herzschlag, der schnell und heftig war. Schließlich langte ich am Zaun an und lehnte mich gegen eine schmale Latte. Plötzlich tauchte einige

Schritte von mir entfernt eine weibliche Gestalt auf – oder schien es mir nur so? Mit angehaltenem Atem spähte ich ins Dunkel. Was war das? Waren es Schritte oder klopfte mein Herz?

«Wer ist da?», flüsterte ich kaum hörbar. Und das, was war das? Unterdrücktes Lachen? … oder rauschten die Blätter … oder war es etwa ein Seufzer? Mir wurde angst und bange … «Wer ist da?», wiederholte ich noch leiser.

Plötzlich kam ein Luftzug auf; über den Himmel zuckte ein leuchtender Streifen: eine Sternschnuppe.

«Sinaida?», wollte ich fragen, doch der Laut erstarb mir auf den Lippen. Und plötzlich wurde es totenstill, wie so oft mitten in der Nacht … Selbst die Heuschrecken in den Bäumen hatten aufgehört zu zirpen, nur ein Fenster klapperte irgendwo. Ich stand eine Weile da und kehrte dann in mein Zimmer und mein abgekühltes Bett zurück. Eine merkwürdige Erregung hatte Besitz von mir ergriffen, ganz so, als wäre ich zu einem Rendezvous gegangen, zu dem niemand erschienen war, sei aber Zeuge fremden Glücks geworden.

XVII

Am nächsten Tag sah ich Sinaida nur flüchtig: sie war mit der Fürstin in einer Mietdroschke ausgefahren. Dafür traf ich Luschin, der mich allerdings kaum eines Grußes für würdig befand, und Malewski. Der junge Graf grinste und unterhielt sich freundlich mit mir. Aus Sinaidas Besucherkreis war er der einzige, der sich Zugang zu unserem Haus hatte verschaffen können und Mutter gefiel. Mein Vater mochte ihn nicht, behandelte ihn höflich, aber von oben herab.

«Ah, Monsieur le page!», begann Malewski, «ich bin sehr erfreut, Sie zu sehen. Wie geht es Ihrer entzückenden Königin?»

Wie widerwärtig mir sein frisches, hübsches Gesicht in diesem Augenblick war. Er sah mich so höhnisch und abfällig an, dass ich ihm keine Antwort gab.

«Sind Sie mir immer noch böse?», fuhr er fort. «Ganz zu Unrecht. Ich war es ja nicht, der Sie als Pagen bezeichnet hat, außerdem haben vorzugsweise Königinnen Pagen. Doch gestatten Sie die Bemerkung, dass Sie Ihren Pflichten schlecht nachkommen.»

«Wieso?»

«Pagen und ihre Gebieterinnen sollten unzertrennlich sein; auch sollten Pagen über alles Bescheid wissen, was sie tun, ja, sie sogar überwachen», fügte er mit gesenkter Stimme hinzu, «Tag und Nacht.»

«Was wollen Sie damit sagen?»

«Was ich damit sagen will? Ich denke, ich habe mich klar ausgedrückt. Tag und Nacht. Tagsüber ist das ja kein Problem, da ist es hell und belebt; nachts aber muss man auf der Hut sein. Ich rate Ihnen, des Nachts nicht zu schlafen und zu beobachten, zu beobachten, was das Zeug hält. Im Park, des Nachts, beim Springbrunnen, erinnern Sie sich? Dort müssen Sie Wache stehen. Sie werden mir noch dankbar sein.»

Malewski lachte und drehte mir den Rücken zu. Vermutlich hatte er mit seinen Worten nichts Besonderes bezweckt; er galt als vortrefflicher Mystifikator und rühmte sich seiner Gabe, andere auf Maskenbällen zum Narren zu halten, wobei ihm jene beinahe unbewusste Verlogenheit, die sein ganzes Wesen durchdrang, sehr zustatten kam … Er hatte sich nur über mich lustig machen wollen, doch jedes seiner Worte drang wie Gift in sämtliche meiner Adern. Das Blut stieg mir zu Kopf. «So ist das also!», sagte ich mir, «gut! Meine gestrigen Ahnungen waren also berechtigt. Es hat mich also nicht zufällig in den Garten gezogen! Das kann doch gar nicht sein!», rief ich laut aus und schlug mir mit der Faust gegen die Brust, obwohl ich nicht hätte sagen können, was nicht sein konnte. «Ob sich Malewski wohl selbst im Park einfindet?», dachte ich. «Vielleicht hat er sich verplappert, eine solche Frechheit wäre ihm zuzutrauen, oder ist es ein anderer?» Der Zaun, der unseren Park umgab, war sehr niedrig, es kostete keine Mühe, darüber hinwegzusteigen. «Der kann was erleben, wenn ich ihn erwische! Ich rate niemandem, mir in die Quere zu kommen! Der ganzen Welt werde ich beweisen, dass ich zur Rache fähig bin, auch ihr, der Verräterin», so nannte ich sie bei mir.

Ich kehrte in mein Zimmer zurück, holte ein vor kurzem gekauftes englisches Taschenmesser aus der Schreibtischschublade, prüfte die Schärfe der Klinge, zog die Augenbrauen zusammen und steckte es mit kühler, konzentrierter Entschlossenheit in die Tasche, ganz so, als täte ich dies nicht zum ersten Mal, sondern als wäre es für mich die alltäglichste Sache der Welt. Mein Herz hüpfte bald grimmig, bald erstarrte es; bis in die Nacht ging ich mit zusammengezogenen Brauen und aufeinandergepressten Lippen auf und ab, befühlte in der Tasche das schon warm gewordene Messer und bereitete mich auf etwas Furchtbares vor. Diese neuen, nie dagewesenen Empfindungen beschäftigten mich in einem Maße, ja amüsierten mich sogar, dass ich kaum mehr an Sinaida dachte. Ständig sah ich Aleko vor mir und den jungen Zigeuner, «du bleibst, mein schönes Täubchen, flieg nicht fort, nun ruhe sanft!», und dann: «Du bist ganz blutverschmiert!

Was hast du getan?» – «Nichts!» Mit welch bösem Lächeln ich dieses «Nichts!» wiederholte!

Vater war nicht zu Hause, Mutter aber, die sich seit einiger Zeit fast ständig in einem Zustand dumpfer Gereiztheit befand, fiel mein unheilvoller Gesichtsausdruck auf. Beim Abendessen sagte sie zu mir: «Welche Laus ist dir denn über die Leber gelaufen?»

Ich lachte nur geringschätzig und dachte: «Wenn sie wüsste!»

Es schlug elf; ich ging in mein Zimmer, kleidete mich aber nicht aus. Ich wartete auf die Mitternachtsstunde; schließlich schlug es zwölf.

«Auf geht's!», flüsterte ich durch die Zähne, knöpfte meinen Rock bis oben hin zu, krempelte sogar die Ärmel hoch und begab mich in den Park.

Schon zuvor hatte ich einen Platz ausgesucht, an dem ich meinen Posten beziehen wollte. Am Ende des Parks, dort, wo der Zaun, der unsere und die Sassekinschen Besitzungen teilte, an eine gemeinsame Mauer stieß, wuchs eine einsame Tanne. Unter ihren niedrigen, dichten Zweigen stehend, konnte ich, soweit es die nächtliche Dunkelheit zuließ, gut sehen, was ringsum vor sich ging; hier wand sich auch ein Pfad entlang, der mir schon immer geheimnisvoll vorgekommen war: wie eine Schlange kroch er unter dem Zaun hindurch, der an dieser Stelle Abdrücke von Füßen trug, die hinübergestiegen waren, und führte zu einer runden Laube aus dichten Akazien. Ich erreichte die Tanne, lehnte mich gegen ihren Stamm und trat meinen Wachdienst an.

Die Nacht war ebenso still wie am Tag zuvor. Am Himmel standen jedoch weniger Wolken, weshalb die Umrisse der Büsche und auch der emporragenden Blumen deutlicher zu sehen waren. Im ersten Moment war mir bange zumute, ja, ich fürchtete mich beinahe, war aber zu allem entschlossen und überlegte nur, was ich tun sollte. Donnernd rufen: «Wohin des Wegs? Bleib stehen! Wahrheit oder Tod!», oder ihn einfach niederstrecken? Jeder Laut, jedes Rascheln, jedes Rauschen erschien mir verdächtig, außergewöhnlich ... Ich machte mich bereit ... Beugte mich vor ... Doch eine halbe Stunde verging, eine ganze; mein Blut beruhigte sich und kühlte ab; die Gewissheit, dass ich hier ganz sinnlos herumstand, gar ein lächerliches Bild abgab, dass Malewski seinen Spaß mit mir getrieben hatte, begann allmählich in mein Bewusstsein zu dringen. Ich verließ mein Versteck und durchstreifte den Park. Wie zum Trotz hörte man keinen einzigen Laut; alles war zur Ruhe gekommen; sogar unser Hund schlief zusammengerollt am Tor. Ich kletterte auf die Ruine der Orangerie, vor mir lag das weite Feld, ich dachte an die Begegnung mit Sinaida und verlor mich in Gedanken ...

Plötzlich fuhr ich zusammen ... Mir schien, als hätte ich das Knarren einer sich öffnenden Tür gehört und dann das leise Knacken eines zerbrochenen Astes. Mit zwei Sprüngen war ich von der Ruine herunter und erstarrte. Durch den Park hallten deutlich schnelle, leichte, doch vorsichtige Schritte. Sie kamen näher. «Da ist er ... endlich!» Mein Herz raste. Zitternd zog ich das Messer aus der Tasche, zitternd klappte ich es auf, rote Funken tanzten vor meinen Augen, vor Angst und Wut standen mir die Haare zu Berge ... Die Schritte kamen direkt auf mich zu, ich beugte mich nach vorn, streckte mich ihm entgegen ... Eine Gestalt tauchte auf ... mein Gott! Es war mein Vater!

Ich hatte ihn sofort erkannt, obwohl er in einen dunklen Mantel gehüllt war und sich den Hut ins Gesicht gezogen hatte.

Auf Zehenspitzen schlich er an mir vorbei. Er bemerkte mich nicht, obwohl mich nichts verbarg, aber ich hatte mich so sehr zusammengekauert, dass ich beinahe mit dem Erdboden verschmolz. Der eifersüchtige, zu einem Mord bereite Othello hatte sich plötzlich in einen Schuljungen verwandelt ... Ich war derart über das plötzliche, unerwartete Auftauchen meines Vaters erschrocken, dass ich zuerst gar nicht bemerkte, wohin er verschwunden war. Erst als alles wieder still geworden war, richtete ich mich auf und dachte: «Wieso geht Vater nachts durch den Park?» Vor Schreck hatte ich das Messer ins Gras fallen lassen, doch ich suchte nicht einmal danach: ich schämte mich sehr. Sofort kam ich zur Besinnung. Auf dem Heimweg ging ich aber doch zu meiner Bank unter dem Holunderbusch und spähte zu Sinaidas Schlafzimmerfenster hinüber. Die kleinen, leicht nach außen gewölbten Fensterscheiben schimmerten bläulich im schwachen Lichtschein, der vom Nachthimmel fiel. Plötzlich veränderte sich ihre Farbe ... Dahinter, das sah ich deutlich, wurde vorsichtig und sacht ein weißer Vorhang bis zum Fensterbrett herabgelassen.

«Was hat das zu bedeuten?», sagte ich laut vor mich hin, als ich wieder in meinem Zimmer war. «Träume ich? Ist es Zufall? Oder ...»

Die Vermutungen, die mir durch den Kopf gingen, waren so neu und seltsam, dass ich nicht einmal wagte, länger darüber nachzudenken.

XVIII

Am nächsten Morgen wachte ich mit Kopfschmerzen auf, die Aufregung aber hatte sich gelegt. An ihre Stelle waren schwere Zweifel und eine nie gekannte Traurigkeit getreten, als sei etwas in mir erstorben.

«Was schauen Sie wie ein Kaninchen, dem man die Hälfte des Gehirns entfernt hat?», fragte mich Luschin, als ich ihm über den Weg lief.

Beim Frühstück betrachtete ich verstohlen bald den Vater, bald die Mutter: er war zurückhaltend wie immer; sie wie immer insgeheim gereizt. Ich wartete, ob Vater mich wohl freundlich ansprechen würde, wie er das manchmal tat ... Doch er schenkte mir nicht einmal seine sonstige kühle Aufmerksamkeit.

«Ob ich Sinaida alles erzählen soll?», überlegte ich. «Es ist doch ganz einerlei, zwischen uns ist ja alles aus.»

Ich begab mich zu ihr, erzählte aber nicht nur nichts, vielmehr gelang mir nicht einmal, mich so mit ihr zu unterhalten, wie ich es gewollt hätte. Die Fürstin hatte aus Petersburg über die Ferien Besuch von ihrem Sohn bekommen, einem zwölfjährigen Kadetten; Sinaida vertraute mir ihren Bruder sogleich an.

«Darf ich vorstellen», sagte sie, «das ist mein lieber Wolodja, ein Kamerad für Sie. Er heißt auch Wolodja.» Zum ersten Mal nannte sie mich so. «Nehmen Sie sich seiner bitte an; er ist noch ungehobelt, hat aber ein gutes Herz. Zeigen Sie ihm den Neskutschny-Park, gehen Sie mit ihm spazieren, nehmen Sie ihn unter Ihre Fittiche. Das tun Sie doch, oder? Sie sind doch ein so guter Mensch!»

Liebevoll legte sie mir beide Hände auf die Schultern – das brachte mich endgültig aus der Fassung. Das Eintreffen dieses Jungen hatte mich selbst wieder zu einem Jungen werden lassen. Ich schaute den Kadetten schweigend an, der mich seinerseits ebenfalls wortlos anstarrte. Sinaida fing an zu lachen und stupste uns gegeneinander.

«So umarmt euch doch, Kinder!»

Wir umarmten uns.

«Wenn Sie wünschen, zeige ich Ihnen den Park», sagte ich zum Kadetten.

«Gern», antwortete er mit krächzender Kadettenstimme.

Wieder lachte Sinaida ... Mir fiel auf, dass sie noch nie so frische Wangen gehabt hatte. Wir brachen also auf. In unserem Park stand eine alte Schaukel. Ich setzte den Jungen auf das schmale Brettchen und begann ihn zu schaukeln. Er saß in seiner neuen Uniform aus dickem Tuch mit breiten goldenen Posamenten reglos da und hielt sich gut an den Stricken fest.

«So knöpfen Sie doch den Kragen auf», sagte ich zu ihm.

«Ach nein, daran bin ich gewöhnt», entgegnete er und räusperte sich.

Er ähnelte seiner Schwester; besonders die Augen erinnerten an sie. Einerseits war es mir angenehm, mich um ihn zu kümmern, gleichzeitig aber nagte ein wehmütiger Schmerz an meinem Herzen.

«Jetzt bin ich wirklich ein Kind», dachte ich, «gestern aber ...»

Ich erinnerte mich, wo ich am Abend zuvor das Messer fallengelassen hatte, begann danach zu suchen und fand es auch. Der Kadett bat mich darum, riss einen dicken Stängel Liebstöckel aus, schnitt sich eine Flöte zurecht und blies hinein. Auch Othello probierte die Flöte aus.

Am Abend aber, wie weinte er da, derselbe Othello, in Sinaidas Armen, als sie ihn in einem Winkel des Parks aufgestöbert und gefragt hatte, warum er so traurig sei. Die Tränen strömten mit einer solchen Kraft, dass sie erschrak.

«Was haben Sie? Was haben Sie denn, Wolodja?», fragte sie ein ums andere Mal. Als sie sah, dass ich nicht antwortete und auch nicht aufhörte zu weinen, wollte sie meine feuchte Wange küssen. Ich aber wandte mich von ihr ab und flüsterte unter Tränen:

«Ich weiß alles; warum haben Sie mit mir gespielt? ... Wozu brauchten Sie meine Liebe?»

«Ich habe mich vor Ihnen schuldig gemacht, Wolodja», sagte Sinaida. «Ja, sehr schuldig ...», sagte sie und presste die Hände zusammen. «Wieviel Schlechtes, Finsteres, Sündhaftes an mir ist ... Doch jetzt spiele ich nicht mit Ihnen, ich liebe Sie, Sie ahnen ja nicht, was geschehen ist ... Was wissen Sie denn?»

Was hätte ich ihr sagen können? Sie stand vor mir und sah mich an – und ich gehörte ihr ganz, vom Scheitel bis zur Sohle ... Eine Viertelstunde später lief ich schon mit dem Kadetten und Sinaida um die Wette; ich weinte nicht mehr, sondern lachte, obwohl unter meinen geschwollenen Lidern durch das Lachen Tränen hinabtropften; statt meines Halstuchs trug ich Sinaidas Band um den Hals geschlungen, und ich schrie vor Freude auf, als es mir gelang, sie um die Taille zu fassen. Ich war ihr willenlos ausgeliefert.

XIX

Ich käme in große Verlegenheit, müsste ich ausführlich erzählen, was während der Woche nach meiner gescheiterten nächtlichen Expedition in mir vorging. Es war eine merkwürdige, fieberhafte Zeit, ein Chaos, in dem die gegensätzlichsten Gefühle, Gedanken, Vermutungen, Hoffnungen, Freuden und Leiden durcheinanderwirbelten; ich fürchtete, in mein Inneres zu schauen, sofern ein sechzehnjähriger Junge überhaupt dazu fähig ist, fürchtete, mir Rechenschaft abzulegen, worüber auch immer; ich beeilte mich, den Tag bis zum Abend herumzubringen; nachts aber schlief ich ... die kindliche Sorglosigkeit tat das Ihrige. Ich wollte gar nicht wissen, ob sie mich liebte, wollte mir auch nicht eingestehen, dass sie mich nicht liebte; meinem Vater ging ich aus dem Weg – Sinaida aber konnte ich nicht aus dem Weg gehen ... In ihrer Gegenwart brannte ich lichterloh ... weshalb aber hätte ich ergründen sollen, was für ein Feuer das war, in dem ich brannte und dahinschmolz, wichtig war, dass ich mit Freuden brannte und dahinschmolz. Ich gab mich meinen Empfindungen hin, machte mir etwas vor, verdrängte die Erinnerungen und verschloss die Augen vor dem, was ich zu ahnen begann ... Dieser Zustand hätte sicher ohnehin nicht lange angehalten, ein Donnerschlag aber beendete alles mit einem Mal und öffnete mir die Augen.

Als ich eines Tages von einem langen Spaziergang zum Mittagessen heimkehrte, erfuhr ich erstaunt, dass ich allein essen würde, Vater sei weggefahren, Mutter aber fühle sich nicht wohl, wünsche nicht zu essen und habe sich in ihrem Schlafzimmer eingeschlossen. Den Gesichtern der Diener konnte ich entnehmen, dass sich etwas Ungewöhnliches ereignet hatte … Sie danach zu fragen, wagte ich nicht, doch ich hatte einen Freund, den jungen Büfettier Filipp, einen leidenschaftlichen Liebhaber von Gedichten und Meister auf der Gitarre – an ihn wandte ich mich. Ich erfuhr, dass es zwischen meinen Eltern eine schreckliche Auseinandersetzung gegeben hatte (in der Gesindestube war jedes Wort zu hören gewesen; vieles sei zwar auf Französisch gesagt worden, aber die Zofe Mascha habe fünf Jahre bei einer Schneiderin in Paris gelebt und alles verstanden); Mutter hatte Vater der Untreue bezichtigt, der Bekanntschaft mit dem Nachbarfräulein; Vater habe sich zuerst gerechtfertigt, sei dann aber explodiert und habe etwas Unbarmherziges gesagt, «wohl über ihr Alter», worauf meine Mutter geweint habe; Mutter sei dann auf einen Wechsel zu sprechen gekommen, den er der alten Fürstin ausgestellt hätte, und sie habe sich sehr schlecht über sie und das Fräulein geäußert, worauf Vater ihr gedroht habe.

«Und das ganze Unglück», fuhr Filipp fort, «kam durch einen anonymen Brief; wer ihn geschrieben hat, weiß keiner; sonst wäre das alles nicht ans Licht gekommen.»

«Aber war denn wirklich etwas?», brachte ich mühsam heraus, während mir Hände und Füße erstarrten und sich mein Herz zusammenzog.

Filipp blinzelte bedeutungsvoll.

«Ja. Solche Dinge kann man nicht verheimlichen; wie vorsichtig Ihr Herr Vater in diesem Fall auch war, man muss ja zum Beispiel eine Kutsche mieten oder so … Ohne Bedienstete geht das alles nicht.»

Ich schickte Filipp fort und warf mich auf mein Bett. Doch ich weinte nicht und gab mich auch nicht der Verzweiflung hin;

ich fragte mich nicht einmal, wann und wie das alles hatte geschehen können; auch wunderte ich mich nicht, warum ich nicht längst selbst darauf gekommen war; nicht einmal Groll gegen meinen Vater verspürte ich … Das, was ich erfahren hatte, überstieg meine Kräfte: diese plötzliche Eröffnung hatte mich niedergestreckt … Alles war zu Ende. Sämtliche Blumen waren auf einmal ausgerissen und lagen rings um mich her, zerstreut und zertrampelt.

XX

Am nächsten Tag erklärte Mutter, sie ziehe zurück in die Stadt. Vater hatte am Morgen lange bei ihr im Schlafzimmer gesessen. Niemand hatte gehört, was er sagte, Mutter weinte aber nicht mehr; sie hatte sich beruhigt und ließ sich sogar etwas zu essen bringen, kam jedoch nicht heraus und änderte ihren Entschluss auch nicht. Ich trieb mich den ganzen Tag herum, den Park aber betrat ich nicht und warf auch keinen einzigen Blick zu den Nachbarn hinüber. Am Abend jedoch wurde ich Zeuge einer seltsamen Szene: mein Vater führte den Grafen Malewski am Arm durch den Salon zur Diele und sagte in Gegenwart eines Dieners kühl zu ihm: «Vor einigen Tagen hat man Eurer Erlaucht in einem gewissen Hause die Tür gewiesen; ich werde mich jetzt mit Ihnen nicht auf eine Auseinandersetzung einlassen, doch ich habe die Ehre Ihnen mitzuteilen, dass ich Sie aus dem Fenster werfen werde, sollten Sie noch einmal hier erscheinen. Ihre Handschrift gefällt mir nicht.» Der Graf verbeugte sich, biss die Zähne zusammen, verzog das Gesicht und verschwand.

Für den Umzug in die Stadt wurden Vorbereitungen getroffen, zum Arbat, wo wir ein Haus besaßen. Offenbar wollte auch Vater nicht länger auf dem Land bleiben; er hatte Mutter aber wohl beschworen, Stillschweigen über die Geschichte zu wahren. Alles geschah leise, ohne Hast, Mutter ließ der Fürstin sogar Grüße und ihr Bedauern ausrichten, dass es ihr aus gesundheitlichen Gründen vor der Abreise nicht möglich sei, sie noch einmal zu empfangen. Ich lief umher wie von Sinnen und wünschte nur das Eine: dass dies alles schnell ein Ende nehmen möge. Ein Gedanke beschäftigte mich unablässig: wie konnte sie, ein junges Mädchen, und außerdem noch Fürstin, sich auf ein derartiges Abenteuer einlassen, da sie ja wusste, dass mein Vater kein freier Mann war, und sie doch, sagen wir, Belowsorow hätte heiraten können? Was hatte sie sich erhofft? Wieso hatte sie nicht gefürchtet, sich ihre Zukunft zu ruinieren? Ja, dachte ich, das ist sie, die Liebe, das ist Leidenschaft, das ist Hingabe. Ich musste an Luschins Worte denken: für manche ist es süß, sich für andere zu opfern.

Einmal geschah es, dass ich in einem Fenster der Nachbarn einen blassen Fleck entdeckte … «Ist das etwa Sinaidas Gesicht?», dachte ich … Tatsächlich, es war ihr Gesicht. Ich hielt es nicht aus. Ohne ihr Lebewohl gesagt zu haben, konnte ich nicht fortgehen. So passte ich einen günstigen Augenblick ab und begab mich zu ihnen.

Die alte Fürstin begrüßte mich im Salon in ihrer üblichen nachlässigen, gedankenlosen Art.

«Wie kommt es, mein Lieber, dass die Ihren so zeitig aufbrechen?», sagte sie zur Begrüßung, wobei sie sich Tabak in beide Nasenlöcher stopfte.

Ich betrachtete sie und mir fiel ein Stein vom Herzen. Filipp hatte mir mit dem Wort «Wechsel» einen Schrecken eingejagt, doch sie ahnte nichts … zumindest schien es mir damals so. Sinaida kam aus dem Nebenzimmer herein, in einem schwarzen Kleid, blass und mit aufgelöstem Haar; schweigend nahm sie mich bei der Hand und zog mich mit sich.

«Ich habe Ihre Stimme gehört», begann sie, «und bin sofort herübergekommen. So leicht also fällt es Ihnen, uns im Stich zu lassen, Sie böser Junge.»

«Ich bin gekommen, mich von Ihnen zu verabschieden, Fürstin», entgegnete ich, «vermutlich für immer. Sie haben wohl davon gehört, dass wir abreisen.»

Sinaida sah mich unverwandt an.

«Ja, ich habe davon gehört. Danke, dass Sie gekommen sind. Ich dachte schon, ich sehe Sie nicht mehr. Behalten Sie mich in guter Erinnerung. Ich habe Sie bisweilen gequält; doch ich bin nicht so, wie Sie denken.»

Sie wandte sich ab und lehnte sich gegen das Fenster.

«Wirklich, ich bin nicht so. Ich weiß, dass Sie schlecht von mir denken.»

«Ich?»

«Ja, Sie … Sie.»

«Ich?», wiederholte ich bekümmert, und wieder bebte mein Herz wie früher unter dem Eindruck ihres unwiderstehlichen, unbeschreiblichen Charmes.

«Ich? Glauben Sie mir, Sinaida Alexandrowna, was immer Sie auch getan, wie sehr Sie mich gequält haben mögen, ich werde Sie bis ans Ende meiner Tage lieben und verehren.»

Sie drehte sich rasch zu mir um, breitete die Arme weit aus, umfasste meinen Kopf und küsste mich fest und innig. Wer weiß, wem dieser lange Abschiedskuss galt, doch gierig genoss ich seine Süße. Ich wusste, dass er sich nie wiederholen würde.

«Leben Sie wohl, leben Sie wohl», sagte ich ein ums andere Mal.

Sie riss sich los und ging. Auch ich entfernte mich. Ich bin außerstande, das Gefühl wiederzugeben, mit dem ich mich entfernte. Ich hätte mir nicht gewünscht, dass es sich irgendwann wiederholen würde; aber ich würde mich auch unglücklich schätzen, hätte ich es nie erfahren.

Wir zogen zurück in die Stadt. Ich konnte das Vergangene nicht so schnell abstreifen, auch meine Studien wiederaufzunehmen gelang mir lange nicht. Meine Wunde heilte nur langsam; gegen meinen Vater aber hegte ich keine schlechten Gefühle. Im Gegenteil: er schien in meinen Augen noch gewachsen zu sein ... Mögen die Psychologen diesen Widerspruch erklären.

Eines Tages begegnete mir auf einem Boulevard zu meiner unbeschreiblichen Freude Luschin. Ich mochte ihn wegen seiner direkten, unverstellten Art, auch war er mir lieb wegen der Erinnerungen, die er weckte. Ich stürzte ihm entgegen.

«Oho!», sagte er und runzelte die Stirn. «Sie sind das, junger Mann! Lassen Sie sich anschauen! Bleich sind Sie immer noch, aber Ihre Augen sind nicht mehr so trüb. Jetzt sehen Sie wie ein Mensch aus, nicht wie ein Schoßhündchen. Das ist gut. Wie geht es Ihnen denn? Was machen die Studien?»

Ich seufzte. Lügen wollte ich nicht, die Wahrheit zu sagen aber schämte ich mich.

«Na, macht nichts», fuhr Luschin fort, «keine Bange. Hauptsache, Sie führen ein normales Leben und geben sich keinen Abenteuern hin. Was hat man schon davon? Wohin einen das

Leben auch weht – Gutes kommt nicht dabei heraus; wichtig ist, dass man auf eigenen Beinen steht, und wenn es auf einem Stein ist. Ich huste, wie Sie sehen … und Belowsorow, haben Sie schon gehört?»

«Was denn? Nein.»

«Er ist spurlos verschwunden; man sagt, er sei in den Kaukasus gegangen. Das soll Ihnen eine Lehre sein, junger Mann. Und alles kommt daher, dass man nicht rechtzeitig Abschied nehmen, die Bande zerreißen kann. Sie sind offenbar noch einmal davongekommen. Passen Sie nur ja auf, dass Sie nicht noch einmal hereinfallen. Leben Sie wohl.»

«Das werde ich nicht …», dachte ich, «ich werde sie nie wiedersehen», doch es war mir beschieden, Sinaida noch einmal zu sehen.

XXI

Mein Vater ritt jeden Tag aus; er hatte ein prachtvolles englisches Pferd, einen Rotfuchs mit langem, schlankem Hals und hohen Beinen, ein ausdauerndes, tückisches Tier. Es hieß Elektrik. Außer Vater konnte es niemand reiten. Eines Tages kam er gut gelaunt zu mir, was lange nicht vorgekommen war; er wollte ausreiten und hatte schon die Sporen angelegt. Ich bat ihn, mich mitzunehmen.

«Lass uns lieber Bockspringen spielen», antwortete Vater, «auf deinem Klepper kannst du mir doch nicht folgen.»

«Doch, wenn ich mir auch Sporen anlege.»

«Na, meinetwegen.»

Wir brachen auf. Ich ritt einen zottigen, flinken Rappen mit kräftigen Beinen; allerdings hatte er Mühe, mit Elektrik Schritt zu halten, wenn der in scharfen Trab fiel, ich blieb aber dennoch nicht zurück. Nie habe ich einen Reiter gesehen, der es Vater gleichgetan hätte; er saß so anmutig, lässig und gewandt auf dem Pferd, dass man meinte, das Pferd unter ihm spürte dies und genoss es. Wir ritten über sämtliche Boulevards, über das Dewitschje-Feld, sprangen über diverse Zäune (zuerst hatte ich mich davor gefürchtet, Vater aber verachtete ängstliche Menschen, weshalb ich die Angst überwand), überquerten zwei Mal den Moskwa-Fluss, und ich dachte schon, wir würden nach Hause zurückkehren, umso mehr, als Vater bemerkt hatte, dass mein Pferd müde war, als er plötzlich in Höhe der Krim-Furt abdrehte und am Ufer entlangpreschte. Ich folgte ihm. Als er einen hohen Stapel alter Balken erreicht hatte, sprang er flink von Elektrik, bat auch mich abzusteigen, reichte mir die Zügel seines Pferdes und sagte, ich solle bei den Balken auf ihn warten, bog dann in eine schmale Gasse ein und verschwand. Ich spazierte am Ufer auf und ab, führte die Pferde hinter mir her und schimpfte mit Elektrik, der beim Laufen mit dem Kopf am Zügel zerrte, sich schüttelte, schnaubte und wieherte; blieb ich aber stehen, scharrte er entweder mit dem Huf den Erdboden auf oder biss meinen Klepper winselnd in den Hals, kurz, verhielt sich wie ein verwöhnter *pur sang*. Mein Vater kam und kam nicht zurück. Vom Fluss wehte eine unangenehme Kälte heran; ein feiner Sprühregen fiel und sprenkelte die törichten grauen Balken, vor denen ich auf und ab lief und deren ich schon überdrüssig geworden war, mit winzigen dunklen Flecken. Ich langweilte mich, Vater aber kam noch immer nicht zurück. Ein Wächter, es war wohl ein Finne, ebenfalls ganz grau, mit einem riesigen alten Helm auf dem Kopf, der aussah wie ein Topf, und einer Hellebarde (was hatte ein Wächter eigentlich am Fluss zu suchen!), näherte sich mir, wandte mir sein zerfurchtes Altweibergesicht zu und sagte:

«Was tun Sie hier mit den Pferden, junger Herr? Geben Sie mal her, ich werde sie halten.»

Ich antwortete ihm nicht; dann bat er mich um Tabak. Um ihn loszuwerden (außerdem quälte mich die Ungeduld), tat ich einige Schritte in jene Richtung, in die mein Vater verschwunden war; dann ging ich bis zum Ende der Gasse, bog um die Ecke und blieb stehen. Auf der Straße, vierzig Schritte von mir entfernt, stand mein Vater mit dem Rücken zu mir vor dem geöffneten Fenster eines kleinen Holzhauses; mit der Brust hatte er sich gegen das Fensterbrett gelehnt, drinnen aber saß, halb von einem Vorhang verdeckt, eine Frau in einem dunklen Kleid und unterhielt sich mit Vater; diese Frau war Sinaida.

Ich erstarrte. Dies hatte ich nie im Leben erwartet. Mein erster Impuls war davonzulaufen. «Wenn Vater sich umdreht», dachte ich, «bin ich verloren ...» Ein seltsames Gefühl jedoch, ein Gefühl, das stärker war als Neugier, stärker noch als Eifersucht oder Angst, hielt mich zurück. Ich schaute und versuchte, Gesprächsfetzen aufzuschnappen. Vater schien auf etwas zu beharren. Sinaida war nicht einverstanden. Wie heute sehe ich ihr Gesicht vor mir – es war traurig, ernst, schön und zeugte von einer nicht wiederzugebenden Hingabe, Traurigkeit, Liebe und auch Verzweiflung, anders kann ich es nicht ausdrücken. Sie gab einsilbige Antworten, hielt den Blick gesenkt und lächelte nur demütig und eigensinnig. Allein an diesem Lächeln erkannte ich meine frühere Sinaida. Vater zuckte die Schultern und rückte den Hut gerade, was bei ihm immer ein Zeichen der Ungeduld war ... Dann hörte ich die Worte: «Vous devez vous séparer de cette ...» Sinaida richtete sich auf und streckte den Arm aus ... da ereignete sich vor meinen Augen etwas Unfassbares: Vater hob plötzlich die Peitsche, mit der er gerade den Staub von seinem Rocksaum geklopft hatte, und ein scharfer Schlag auf diesen bis zum Ellbogen entblößten Arm ertönte. Ich konnte kaum einen Schrei unterdrücken, Sinaida aber zuckte zusammen, sah meinen Vater schweigend an, hob den Arm langsam an ihre Lippen und küsste den sich rötenden Striemen. Vater warf die Peitsche fort, hastete die Treppe hoch und stürmte ins Haus ... Sinaida wandte sich um, streckte die Arme aus, warf den Kopf in den Nacken und entfernte sich ebenfalls vom Fenster.

Benommen vor Schreck, voller Entsetzen und Unverständnis stürzte ich zurück, lief durch die Gasse, wobei ich beinahe Elektriks Zügel hätte fallen lassen, und kehrte ans Flussufer zurück. Ich konnte keinen klaren Gedanken fassen. Zwar wusste ich, dass meinen kühlen, beherrschten Vater bisweilen Anfälle von Jähzorn heimsuchten, dennoch konnte ich nicht begreifen, was ich gesehen hatte ... Doch ich spürte sofort, dass ich, solange ich lebte, Sinaidas Bewegung, ihren Blick, ihr Lächeln nie vergessen würde und dass ihre Gestalt, diese neue, plötzlich vor mir erschienene Gestalt, sich meinem Gedächtnis für immer eingeprägt hatte. Mit leerem Blick starrte ich auf den Fluss und bemerkte gar nicht, dass mir Tränen übers Gesicht liefen. «Sie wird geschlagen», dachte ich, «geschlagen ... geschlagen ...»

«Was ist denn los – gib mir mein Pferd», ertönte hinter mir Vaters Stimme.

Mechanisch reichte ich ihm die Zügel. Er schwang sich auf Elektrik ... Das durchgefrorene Pferd bäumte sich auf und machte einen großen Satz nach vorn, Vater aber bändigte es schnell, drückte ihm die Sporen in die Seiten und schlug ihm mit der Faust gegen den Hals …

«Ach, die Peitsche fehlt mir», murmelte er.

Ich musste an das Sirren und den Schlag dieser Peitsche denken und zuckte zusammen.

«Wo hast du sie denn gelassen?», fragte ich Vater nach einer Weile.

Er antwortete nicht und preschte vorwärts. Ich holte ihn ein, denn ich wollte ihm unbedingt ins Gesicht sehen.

«War dir langweilig, als ich weg war?», fragte er gepresst.

«Ein bisschen. Wo hast du deine Peitsche denn verloren?», fragte ich ihn noch einmal.

Vater warf mir einen raschen Blick zu.

«Ich habe sie nicht verloren», sagte er, «ich habe sie fortgeworfen.»

Er wurde nachdenklich und senkte den Kopf … Und da sah ich zum ersten und wohl auch letzten Mal, wieviel Zärtlichkeit und Mitgefühl seine strengen Züge ausdrücken konnten.

Wieder preschte er davon, und nun konnte ich ihn nicht mehr einholen; eine Viertelstunde nach ihm traf ich zu Hause ein.

«Das ist Liebe», sagte ich mir wieder, als ich spät abends an meinem Schreibtisch saß, auf dem sich mittlerweile schon Hefte und Bücher eingefunden hatten, «das ist Leidenschaft! Man sollte meinen, dass man sich über einen jeden Schlag, selbst von einer liebenden Hand, empören und ihn nicht ertragen würde! Doch wie es aussieht, ist es möglich, wenn man liebt … Und ich … ich habe gedacht …»

In diesem letzten Monat war ich sehr gereift, und meine Liebe, mit all ihren Aufregungen und Leiden, erschien mir plötzlich klein, kindlich und unbedeutend angesichts dieses Anderen, Unbekannten, das ich kaum erraten konnte und das mir Angst einflößte, wie ein unbekanntes, schönes, doch furchterregendes Gesicht, das man im Halbdunkel vergeblich zu erkennen sucht …

In jener Nacht hatte ich einen seltsamen, schrecklichen Traum. Ich träumte, dass ich einen niedrigen, dunklen Raum betrete … Vater steht mit der Peitsche in der Hand da und stampft mit den Füßen; Sinaida kauert in einer Ecke, und über ihre Stirn, nicht den Arm, läuft ein roter Striemen … Hinter beiden ragt blutüberströmt Belowsorow auf, öffnet die blassen Lippen und droht Vater wutentbrannt.

Zwei Monate später trat ich in die Universität ein, ein halbes Jahr darauf aber starb mein Vater (an einem Schlaganfall) in Petersburg, wohin wir drei gerade übergesiedelt waren. Einige Tage vor seinem Tod war aus Moskau ein Brief an ihn eingetroffen, der ihn außerordentlich erschüttert hatte … Er ging zu Mutter, um sie um etwas zu bitten, und weinte sogar, wie man mir erzählte, er, mein Vater! Am Morgen jenes Tages, als ihn der Schlag traf, hatte er einen Brief an mich in französischer Sprache begonnen. «Mein Sohn», schrieb er, «nimm dich in Acht vor der Liebe der Frauen, nimm dich in Acht vor diesem Glück, diesem Gift …»

Nach seinem Tod sandte meine Mutter eine beträchtliche Summe nach Moskau.

XXII

Vier Jahre waren vergangen. Ich hatte soeben die Universität beendet und wusste noch nicht genau, was ich anfangen, an welche Tür ich klopfen sollte: vorerst trieb ich mich ziellos herum. Eines Abends traf ich im Theater Majdanow. Er hatte mittlerweile geheiratet und war in den Staatsdienst getreten, verändert aber hatte er sich nicht. Er war ebenso begeisterungsfähig wie eh und je und ließ ebenso schnell den Kopf hängen wie früher.

«Wissen Sie übrigens», sagte er, «dass Frau Dolskaja hier ist?»

«Was für eine Frau Dolskaja?»

«Haben Sie das etwa vergessen? Die frühere Fürstin Sassekina, in die wir alle verliebt waren, Sie eingeschlossen. Damals, in der Sommerfrische, beim Neskutschny-Park.»

«Hat sie einen Dolski geheiratet?»

«Ja.»

«Und sie ist hier, im Theater?»

«Nein, in Petersburg, vor kurzem sind sie angekommen; sie wollen ins Ausland reisen.»

«Was für ein Mensch ist ihr Mann?», fragte ich.

«Ein sehr netter Kerl, und vermögend. Wir waren in Moskau Kollegen. Sie wissen ja, nach dieser Geschichte … Sie kennen die Einzelheiten sicher am besten (Majdanow lächelte vielsagend) … nach dieser Geschichte war sie keine besonders gute Partie mehr; es gab ja auch Folgen … doch bei ihrem Verstand ist alles möglich. Besuchen Sie sie: sie wird sich sehr freuen. Sie ist noch hübscher geworden.»

Majdanow gab mir Sinaidas Adresse. Sie war im Hotel Demut abgestiegen. Alte Erinnerungen wurden in mir wach … Ich nahm mir vor, meiner einstigen «Passion» gleich am nächsten Tag einen Besuch abzustatten. Es kam jedoch allerlei dazwischen, eine Woche verging, eine weitere, und als ich mich schließlich auf den Weg zum Hotel Demut machte und dort nach Frau Dolskaja fragte, erfuhr ich, dass sie vier Tage zuvor ganz plötzlich bei der Geburt ihres Kindes gestorben sei.

Es war, als hätte mich ein Schlag ins Herz getroffen. Der Gedanke, dass ich sie hätte sehen können, nicht gesehen hatte und nie mehr sehen würde, dieser bittere Gedanke verfolgte mich mit der ganzen Kraft eines unabwendbaren Vorwurfs. «Sie ist tot!», wiederholte ich, während ich den Portier wie betäubt anblickte. Leise schlich ich mich auf die Straße und ging aufs Geratewohl davon. Alles, was gewesen war, kam plötzlich an die Oberfläche und stand mir wieder vor Augen. So also musste es enden, das also war, hastig und ruhelos, das Ziel dieses jungen, heißen, glänzenden Lebens gewesen! Dies dachte ich und stellte mir die teuren Züge vor, die Augen, die Locken – in einer engen Kiste, in feuchter Dunkelheit, unter der Erde, hier, nicht weit von mir, der noch lebte, und vielleicht nur ein paar Schritte von meinem Vater entfernt … Das dachte ich und suchte mir all dies vorzustellen, doch

> «Die Todesmitteilung des teilnahmslosen Munds
> Hört' ich mit teilnahmsloser Kühle.»

Das war es, was in meiner Seele widerhallte. Oh, Jugend! Jugend! Dich kümmert nichts, sämtliche Schätze des Alls scheinst du dein Eigen zu nennen, sogar der Traurigkeit kannst du noch etwas abgewinnen, auch der Gram steht dir gut zu Gesicht, du bist selbstherrlich und keck, du sagst: ich lebe, schaut her! Doch auch deine Tage eilen und schwinden spurlos dahin wie der Sand am Meer, alles schwindet dahin, wie Wachs in der Sonne, wie Schnee … Und vielleicht liegt das Geheimnis deines Zaubers nicht in der Möglichkeit alles zu tun, sondern in der Möglichkeit zu denken, dass du alles tun könntest, darin, dass du deine Kräfte vergeudest, die du ja doch für nichts anderes verwenden würdest, darin, dass jeder von uns sich allen Ernstes für einen Verschwender hält und allen Ernstes annimmt, er sei berechtigt zu sagen: «Oh, was hätte ich nicht alles tun können, hätte ich die Zeit nicht unnütz vertan!»

So erging es auch mir … Was erhoffte, was erwartete ich, welche herrliche Zukunft sah ich vor mir, als ich mit einem Seufzer, einer verzagten Empfindung für einen Augenblick das Gespenst meiner ersten Liebe zu Grabe trug?

Und was erfüllte sich von all dem, worauf ich gehofft hatte? Auch jetzt noch, da sich bereits die abendlichen Schatten auf mein Leben senken, gibt es für mich nichts Lebendigeres, Teureres als die Erinnerung an jenes so schnell vorübergezogene morgendliche Frühlingsgewitter.

Doch ich mache mir zu Unrecht Vorwürfe. Auch damals, in jenen leichtsinnigen Tagen meiner Jugend, war ich nicht unempfänglich für die traurige Stimme, die mich rief, für den feierlichen Ton, der vom Grab her zu mir herüberwehte. Ich weiß noch, dass ich einige Tage nach jenem Tag, da ich von Sinaidas Tod erfahren hatte, einem unerklärlichen Impuls folgend, dem Sterben einer armen alten Frau beiwohnte, die in unserem Haus lebte. Mit Lumpen bedeckt, auf harten Brettern, einen Sack unter dem Kopf, starb sie einen mühevollen, schweren Tod. Ihr ganzes Leben war ein bitterer Kampf mit der alltäglichen Not gewesen; sie hatte weder Freude gesehen noch die Wonnen des Glücks erlebt – man hätte annehmen können, sie wäre froh gewesen über den Tod, der ihr Freiheit und Frieden brachte. Stattdessen bekreuzigte sich die alte Frau unablässig, solange ihr hinfälliger Körper noch Widerstand leistete, sich ihre Brust noch qualvoll hob und senkte unter der auf ihr liegenden eisigen Hand des Todes, solange sie die letzten Kräfte noch nicht verlassen hatten, und flüsterte: «Herr, vergib mir meine Sünden.» Und erst mit dem letzten Funken des Bewusstseins erlosch in ihren Augen der Ausdruck von Angst und Schrecken vor dem Ende. Und ich weiß noch, dass mir am Totenlager jener armen alten Frau bange um Sinaida wurde und ich für sie beten wollte, und für Vater und für mich selbst.

ANMERKUNGEN

S. 7 *Neskutschny-Park* – großer Landschaftspark in Moskau, am rechten Ufer der Moskwa, heute Teil des Gorki-Parks.

S. 7 *Tag des heiligen Nikolaus* – Neben dem Gedenktag für den Heiligen am 6. Dezember begeht die Russisch-Orthodoxe Kirche am 9. Mai (dem 22. Mai nach dem in Westeuropa gültigen gregorianischen Kalender) den Gedenktag der Überführung seiner Reliquien nach Bari.

S. 8 *Lehrbuch von Kajdanow* – Lehrbuch zur Geschichte von Iwan Kajdanow (1780 oder 1782–1843).

S. 11 *die schönen Hände* – In einem Brief Turgenjews heißt es: «Ich werde hier kaum jemanden sehen, ausgenommen die Gräfin Tolstaja, die Schwester des Literaten, eine sehr liebe Frau, allerdings mit unschönen Händen, die Hände aber sind für mich – wenn nicht alles, so doch fast alles» (9./21. Mai 1856 an É. Lambert).

S. 13 *Durchlaucht* – Der Titel «Durchlaucht» wurde in der Übersetzung nach der in Deutschland für Fürsten üblichen Anredeform gewählt, im Russischen steht hier сиятельство; sijatel'stvo, was dem «Erlaucht», der deutschen Anrede für Grafen, entspricht.

S. 22 *des vilaines affaires d'argent* – hässliche Geldangelegenheiten.

S. 24 *«Que suis-je pour elle?»* – «Was bin ich für sie?»

S. 26 *avec sa mine de grisette* – mit ihrer Grisettenmiene.

S. 30 *einem Beamten vom Auferstehungstor* – Das 1535 errichtete Auferstehungstor (Воскресенские ворота; Voskresenskie vorota oder auch Иверские ворота; Iverskie vorota) ist ein zentral gelegenes Stadttor von Moskau unweit des heutigen Historischen Museums und des Roten Platzes. 1931 wurde es abgerissen, um Platz für die Durchfahrt großer Militärfahrzeuge zu den Paraden auf dem Roten Platz zu schaffen, in den 1990er Jahren wiedererrichtet. Im 19. Jahrhundert war es ein Sammelpunkt für Beamte (приказные; prikaznye), die man als Privatperson engagieren konnte, wenn man einen Gerichtsprozess führen musste oder sich offizielle Dokumente ausstellen lassen wollte.

S. 31 *Abnehmen* – Das «Abnehmspiel» ist ein Gesellschaftsspiel, bei dem ein Spieler mit den Fingern beider Hände mittels eines Wollfadens bestimmte Muster bildet, die der Mitspieler mit seinen Fingern so abnehmen muss, dass sich ein neues Muster ergibt.

S. 31 *Kasatschok* – Tanz, der akrobatisches Geschick erfordert.

S. 33 *Sperlingsnacht* – Die Volksetymologie kennt zwei Herleitungen: Demnach wird eine Nacht mit Sturm, Donner und Wetterleuchten «Sperlingsnacht» (воробьиная ночь; vorob'inaja noč) genannt, weil sie «scheckig» wie ein Sperling ist und weil die Sperlinge dann unruhig auffliegen.

S. 37 *Rarey* – John Solomon Rarey (1827–1866). Seinerzeit berühmter amerikanischer Pferdebändiger, der sein Können vor allem in England praktizierte. Er schrieb u. a. «The Modern Art of Taming Wild Horses» (London 1858), deutsch «Die Kunst des Pferdebändigens und der Pferdedressur nebst Anleitung zum Einfahren und zum Zureiten der Pferde» (Braunschweig 1858).

S. 38 *Batjuschka* – traditionelle, volkstümliche Anrede des Vaters oder eines Geistlichen, etwa «Vater», «Väterchen»; darüber hinaus ehrerbietig und liebevoll auch allgemein im vertrauten Gespräch gebraucht, etwa «mein Lieber», «mein Bester». In früheren Übersetzungen oft wörtlich als «Väterchen» wiedergegeben.

S. 44 *«Auf Grusiens Hügeln»* – Fragment von Alexander Puschkin (1829):

> «Auf Grusiens Hügeln liegt die nächtge Nebelschicht,
> Die Wellen der Aragua schäumen.
> Mir ist so schwer und leicht, so düster und so licht;
> Du füllst mein Sehnen aus und Träumen,
> Du einzig, holdes Bild! … Der Wehmut Trost ergibt
> Mein Herz sich, nun ihm nichts geblieben,
> Und meine Seele flammt und liebt aufs Neue – liebt,
> Weil's ihr unmöglich, nicht zu lieben!»
> (übersetzt von Friedrich Fiedler)

S. 53 *une femme capable de tout* – eine Frau, die zu allem fähig ist.

S. 59 *Malek-Adel, der Mathilde entführt* – Malek-Adel ist der Held eines Romans der damals populären französischen Schriftstellerin Sophie Cottin (1770–1807), «Mathilde ou Mémoires tirés de l'histoire des croisades». In Turgenjews Erzählung «Tschertopchanows Ende» (im Zyklus «Aufzeichnungen eines Jägers») trägt ein Pferd den Namen Malek-Adel.

S. 59 *Jermaks Rede an die Sterne aus Chomjakows Tragödie* – Monolog aus der Tragödie in Versen «Jermak» (1832) von Alexej Stepanowitsch Chomjakow.

S. 60 *«Journal des Débats»* – «Journal des Débats Politiques et Littéraires», eine der ältesten Pariser Tageszeitungen, 1789 gegründet.

S. 61 *Trainoffizieren* – von frz. *train*, Wagenzug, Tross; für das Transportwesen und die Beförderung diverser militärischer Güter zuständige Offiziere.

S. 64 *Karauschen* – Fischart aus der Familie der Karpfenfische.

S. 68 *Jambus à la Barbier* – Henri-Auguste Barbier (1805–1882) war ein französischer satirischer Dichter. Eines seiner bekanntesten Werke sind die «Iambes et poèmes» (1831, in deutscher Übersetzung «Geißelhiebe für die große Nation»).

S. 68 *«Telegraph»* – «Moskowski telegraf» («Moskauer Telegraph»), 1825 gegründete Literaturzeitschrift liberaler Ausrichtung, die sich an einen breiten Leserkreis wandte. Sie wurde 1834 auf Anordnung des Zaren Nikolai I. eingestellt.

S. 68 *einen jüdisch verschlagenen Ausdruck* – Hier spiegelt sich der Zeitgeist der Epoche wider, der alles Jüdische stets herabsetzend betrachtete.

S. 73 *Aleko* – Gestalt aus dem Gedicht «Die Zigeuner» von Alexander Puschkin (1825), in dem es u. a. um einen Mord aus Eifersucht geht.

S. 81 *Büfettier* – Einem Büfettier unterstand in wohlhabenden Häusern das Büfettzimmer, das sich neben dem Speisezimmer befand. Hier wurden sämtliche für die Tafel notwendigen Dinge aufbewahrt (wie Besteck, Geschirr, Tischdecken, aber auch Kaffee, Zucker und andere teure Vorräte), die Speisen wurden aus der Küche zunächst hierhergetragen. Dem Büfettier oblag die Aufsicht über das Decken des Tisches wie über das Servieren der Speisen.

S. 83 *Arbat* – Straße im Zentrum Moskaus. Hier wohnten die angesehensten Adelsfamilien.

S. 86 *Ich huste* – höchstwahrscheinlich ein Hinweis auf die damals verbreitete und meist tödlich endende Tuberkulose (Schwindsucht).

S. 87 *pur sang* – Vollblutpferd.

S. 88 «*Vous devez vous séparer de cette …*» – «Sie müssen sich trennen von dieser …».

S. 92 *sie wollen ins Ausland reisen* – Reisen nach Westeuropa, meist in die Kurorte, nahmen vor der Einführung der Eisenbahn ihren Ausgang häufig im Hafen von St. Petersburg.

S. 93 *Hotel Demut* – Hotel in St. Petersburg, in dem Turgenjew in den 1860er und 1870er Jahren öfter abstieg. Das am Ufer der Moika gelegene Haus wurde laut einem deutschen Fremdenführer von 1840 zu den «vorzüglichern Gasthaltereien und Hotels» in der Stadt gerechnet.

S. 93 «*Die Todesmitteilung des teilnahmslosen Munds …*» – Zitat aus dem Gedicht «In ihrem Heimatland» von Alexander Puschkin (1826):

«In ihrem Heimatland, von Bläue überdacht,
War's nur ein Sehnen und Ermatten …
Sie welkte schließlich hin, und über mir schwang sacht
Gewiss schon oft ihr junger Schatten.
Unüberbrückbar war die Schranke zwischen uns.
Umsonst beschwor ich die Gefühle:
Die Todesmitteilung des teilnahmslosen Munds
Hört' ich mit teilnahmsloser Kühle.
Das also war es, was einst flammend ich geliebt,
Mit so viel lastender Verstörung,
Mit so viel Zärtlichkeit, die es nie wieder gibt,
Mit so viel Wahnwitz und Betörung!
Wo ist die Liebe hin! O weh, in meiner Brust
Kommt für den armen leichten Schatten,

Für die Erinnerung an Tage süßer Lust,
Kommt keine Träne mir zustatten.»
(übersetzt von Johannes von Guenther)

NACHWORT

«The first cut is the deepest»

Als Iwan Turgenjew am 3. September 1883 knapp fünfundsechzigjährig in Bougival bei Paris starb, hinterließ der «sanfte Riese», wie man ihn seiner Größe und seines weichen Wesens wegen mitunter nannte, testamentarisch seinen gesamten beweglichen Besitz sowie den literarischen Nachlass einschließlich sämtlicher Rechte an publizierten wie nicht publizierten Werken seiner Lebensfreundin und engsten Vertrauten Pauline Viardot-Garcia. Vierzig Jahre lang war er der auf allen großen Opernbühnen umjubelten Sängerin, Komponistin und Gesangspädagogin in leidenschaftlicher Zuneigung und Freundschaft verbunden gewesen. Ab Mitte der 1840er Jahre lebte er mit Unterbrechungen in Frankreich bzw. Deutschland in ihrer unmittelbaren Nähe, als Hausfreund, ja, wohl auch als Familienmitglied in einer Art *ménage à trois* mit ihr und ihrem Ehemann Louis Viardot. Er nannte Viardot seinen Freund, beide verband neben der Leidenschaft für die Jagd eine schöpferische literarische Zusammenarbeit. Auch an der Entwicklung der vier Kinder der Familie nahm Turgenjew tätigen Anteil. Er begleitete das Ehepaar auf Gastspielen und vertraute Pauline Viardot schließlich sogar die Erziehung seiner 1842 in Russland geborenen Tochter Pelageja an, die aus einer flüchtigen Affäre mit einer leibeigenen Näherin stammte und die er, Pauline Viardot zu Ehren, in Pauline umtaufte. Das Fazit seines eigenen Lebensentwurfs jedoch formulierte er 1856 in einem Brief wie folgt: «Wie töricht ist das Verlangen nach Glück, wenn man den Glauben an das Glück schon verloren hat!» Er richtete sich in diesem Leben ein als «Stein», im «Eis der Fühllosigkeit, unter dem stummes Leid verborgen ist … Die Eisschicht braucht nur fest zu werden, und das Leid darunter verschwindet.»[1]

«Relativ zufrieden zu sein durch ein relatives Glück», auch dieses Credo äußerte er in einem Brief. Bis heute verleitet die Beziehung zwischen den drei Protagonisten und fünf Kindern zu allerlei Spekulationen und Deutungen, doch sind dies Dinge, die Außenstehende nicht beschäftigen sollten. Man könnte allerdings versuchen, der Frage nachzugehen, warum der aus einem angesehenen russischen Adelsgeschlecht stammende, hochgebildete, geistreiche, umgängliche, gut aussehende, wohlhabende, beruflich erfolgreiche und vor allem von großer Menschlichkeit erfüllte Turgenjew lebenslang auf ein eigenes Heim und Familienleben verzichtete.

«Es war ein Kopf, wie ich ihn nie zuvor gesehen hatte und den man nie wieder vergisst», erinnerte sich der Maler und Publizist Ludwig Pietsch, ein enger Freund Turgenjews, an ihre erste Begegnung im November 1846 in Berlin. «Ich hatte das instinktive Gefühl, hier einem ganz besonderen, einem außerordentlichen Menschenwesen begegnet zu sein. […] Diese körperlich im gewaltigen Stil seiner Ahnherren angelegte Gestalt war die eines Menschen von fast weiblicher Zartheit und Weichheit des Gemüts, dessen kräftigste Leidenschaft der tiefe Hass gegen das Unrecht, gegen die Brutalität, gegen die Unmenschlichkeit in jeder Form war.»[2]

Die Brüder Goncourt hielten knapp zwei Jahrzehnte später,

am 23. Februar 1863, in ihrem Journal fest: «Ein charmanter Koloss, ein sanfter Riese mit weißem Haar; er sieht aus wie ein Druide und ein guter alter Mönch in ‹Romeo und Julia›. Er ist schön, aber von einer ehrwürdigen Schönheit, überaus schön wie Nieuwerkerke [Alfred Émilien O'Hara, Comte de Nieuwerkerke]. Doch die Augen von Nieuwerkerke sind kanapeeblau: in Turgenjews Augen aber ist Himmel. Zur Gutmütigkeit des Blicks gesellt sich die Zärtlichkeit und der Singsang des russischen Akzents». Und 1872, anlässlich eines Diners bei Flaubert: «Turgenjew, der sanfte Riese, der liebenswürdige Barbar, mit seinem weißen Haar, das ihm in die Augen fällt, der tiefen Falte, die die Stirn von einer Schläfe zur anderen durchzieht wie die Furche eines Pflugs, mit seiner kindlichen Art zu reden, bezaubert uns schon bei der Suppe, umkränzt uns, einem russischen Ausdruck nach, mit dieser Mischung aus Naivität und Scharfsinn [...], bei ihm noch erhöht durch die Einzigartigkeit eines überragenden Geistes, durch ein immenses und kosmopolitisches Wissen [...] Als Flaubert und ich die Wichtigkeit der Liebe für gebildete Menschen bestreiten, lässt der russische Romancier die Arme sinken und ruft: ‹Mein Leben ist vom Femininen getränkt. Es gibt kein Buch oder sonst etwas, das mir die Frau hätte ersetzen können ... Wie soll ich das beschreiben? Ich finde, dass nur die Liebe eine gewisse Entfaltung des menschlichen Wesens bewirkt und sonst nichts.›»[3]

Doch was waren die Motive für Turgenjews Leben «am Rande eines fremden Nests», wie er selbst gegen Ende seines Lebens, 1879, in einem Gespräch mit Anatoli Koni resigniert formulierte? Koni gibt in seinen Erinnerungen an Turgenjew dessen Reaktion auf die Frage wieder, ob er, Koni, heiraten solle oder nicht: «Turgenjew antwortete nicht sofort, er schien nachzudenken, dann hob er die Augen, sah mich an und sagte ernst und nachdrücklich: ‹Ja, ja, heiraten Sie, heiraten Sie unbedingt! Sie können sich nicht vorstellen, wie schwer das einsame Alter ist, wenn man sich notgedrungen am Rande eines fremden Nests einrichten muss, freundliche Zuwendung wie Almosen gespendet bekommt und sich wie ein alter Hund vorkommt, den man nur aus Gewohnheit nicht fortjagt, und weil man Mitleid mit ihm hat. Hören Sie auf meinen Rat! Verdammen Sie sich nicht zu einer so freudlosen Zukunft!›» Vielleicht kann uns die Geschichte von Wolodjas «Erster Liebe» die Hintergründe dieses selbstgewählten Junggesellenlebens zumindest in Ansätzen verstehen lassen, handelt es sich bei dieser Erzählung doch um die nur in Nuancen abgewandelte Geschichte von Turgenjews eigener erster Liebe.

Ein kurzer Tagebucheintrag aus dem Jahr 1833 bezeugt: «Das Neue Jahr in Moskau (Erste Liebe). Die junge Fürstin Schachowskaja. [...] Am Scheideweg. – Aufenthalt im Landhaus gegenüber dem Neskutschny-Park.» Über Jekaterina Schachowskaja wissen wir nicht viel mehr, als in der Erzählung beschrieben ist. Turgenjew war fünfzehn Jahre alt, als sie sich in der Sommerfrische am Neskutschny-Park begegneten. Jekaterina dichtete, war Autorin eines 1833 in Moskau erschienenen Gedichtbandes («Träume. Phantasmagorie») und anderer kleinerer Publikationen, wovon sich Andeutungen im Text der Erzählung finden. Ihre Liebe galt Sergej Turgenjew, dem Vater des Schriftstellers, der mit seiner Frau in einer Zweckehe lebte. Nach dessen plötzlichem Tod im Oktober 1834 heiratete Jekaterina Schachowskaja 1835 und starb 1836, sechs Tage nach der Geburt ihres Sohnes. So weit die spärlichen Fakten.

Dass die 1860 veröffentlichte Erzählung «Erste Liebe» auf

eigenem Erleben basiert, darauf hat Turgenjew im Gespräch und in Briefen immer wieder hingewiesen. An Élisabeth Lambert, eine Brieffreundin und Vertraute, schrieb er 1861 aus Paris: «Ich hatte es beim Schreiben [von «Erste Liebe»] keineswegs, wie man sagt, auf den Effekt abgesehen und habe mir diese Erzählung auch nicht ausgedacht; das Leben selbst hat sie mir geschenkt.» Natalja Ostrowskaja, eine Bekannte Turgenjews, gibt folgendes Gespräch wieder: «‹In *Erste Liebe*›, sagte Iwan Sergejewitsch, ‹habe ich meinen Vater dargestellt. Viele verurteilten mich dafür, insbesondere verurteilten sie mich dafür, dass ich dies nie verheimlicht habe. Ich finde jedoch, dass daran nichts Verwerfliches ist. Ich habe nichts zu verbergen. Mein Vater war ein schöner Mann [...] Meist gab er sich kühl, unnahbar, wollte er aber beeindrucken, nahm sein Gesicht, sein Verhalten etwas unwiderstehlich Bezauberndes an. Besonders war das bei Frauen der Fall, die ihm gefielen. Von allen meinen Frauenfiguren›, fuhr Turgenjew fort, ‹bin ich mit Sinaida in *Erste Liebe* am zufriedensten. Mit ihr ist mir eine tatsächlich lebendige Gestalt gelungen: kokett von Natur, doch dabei sehr anziehend.› ‹Und der Junge, ist er denn keine lebendige Gestalt?›, fragte ich. ‹Dieser Junge ist Ihr untertänigster Diener.› ‹Wie?! So verliebt waren Sie?› ‹Ja.› ‹Und Sie sind mit dem Messer in den Park gelaufen?› ‹Ja, mit dem Messer ...›»

Auch bei Gustave Flaubert, der Turgenjew in tiefer Freundschaft zugetan war, findet sich ein Hinweis auf das Autobiographische der Erzählung, wenn er an den Schriftstellerkollegen schreibt: «Was Ihre ‹Erste Liebe› betrifft, so verstehe ich sie umso besser, als es die Geschichte eines meiner engsten Freunde ist. Alle alten Romantiker (und ich bin einer von ihnen, der ich mit einem Dolch unter dem Kopf geschlafen habe), sie alle müssen Ihnen dankbar sein für diese kleine Erzählung, die so viel über Ihre Jugend sagt. [...] Was dieses Werk und sogar den ganzen Band beherrscht, sind die beiden Zeilen: ‹Gegen meinen Vater aber hegte ich keine schlechten Gefühle. Im Gegenteil: er schien in meinen Augen noch gewachsen zu sein.› Das erscheint mir von erschreckender Tiefe. Wird man es bemerken? Ich weiß es nicht. Für mich aber ist es erhaben.»[4] Und die Brüder Goncourt geben in ihrem Journal unter dem 5. Mai 1877 ein Tischgespräch wieder, bei dem über die Liebe gesprochen wurde. Zola stellte die These auf, Liebe sei kein besonderes Gefühl, die Empfindungen glichen denen der Freundschaft, des Patriotismus, und «die größere Intensität dieses Gefühls» erreiche man lediglich «durch die Aussicht auf die geschlechtliche Vereinigung». «Turgenjew erwiderte, dass dem nicht so sei, dass die Liebe ein Gefühl sei, das eine ganz besondere *Farbe* habe, und dass Zola auf dem Holzweg sei, wenn er diese Farbe, dieses Qualitätsmerkmal nicht gelten ließe. Er sagt, dass die Liebe beim Menschen eine Wirkung habe wie kein anderes Gefühl und dass es dem wahrhaft Verliebten so gehe, als würde sein Ich ausgelöscht. Er spricht von einer Schwere im Herzen, die nichts Menschliches habe. Er spricht über die Augen der ersten Frau, die er geliebt hat, wie von etwas vollkommen Immateriellem, das nichts mit dem Stofflichen zu tun hat ...»[5]

Zwar gab es in Turgenjews Leben diverse romantische Liebeleien, kurzzeitige Abenteuer oder auch Schwärmereien; stellvertretend erwähnt seien eine entfernte Cousine, Olga Turgenjewa, bei der er 1854 sogar an eine Heirat dachte, Lew Tolstois (verheiratete) Schwester Marija (Mascha) Tolstaja, Tatjana Bakunina, die Schwester Michail Bakunins, des Jugendfreundes aus

Berliner Tagen, und gegen Ende seines Lebens die gefeierte Schauspielerin Marija Sawina. Und natürlich gab es, alle überstrahlend, Pauline Viardot. Gebunden im landläufigen Sinne aber hat Turgenjew sich nie. Auch in seinen Werken, den sechs Romanen und zahllosen Erzählungen und Theaterstücken, gibt es selten ein Happy End. Die von ihm geschaffenen Gestalten junger Frauen jedoch sind meist mit großem Einfühlungsvermögen gezeichnet und suchen ihresgleichen in der russischen Literatur – die russische Literaturwissenschaft hat für sie den Terminus «Turgenjew-Mädchen» («Turgenjewskaja dewuschka») eingeführt.

Das Familiendrama um Jekaterina Schachowskaja hat Turgenjews Lebensweg ganz sicher nachhaltig geprägt. Ob er als Junge von seinem Vater einen Brief wie den am Schluss der Erzählung erwähnten erhielt, wissen wir nicht. Da er aber immer wieder betonte, dass in «Erste Liebe» tatsächliche Ereignisse beschrieben seien, ohne die geringste Ausschmückung, können wir wohl davon ausgehen, dass die Zeilen «Mein Sohn, nimm dich in Acht vor der Liebe der Frauen, nimm dich in Acht vor diesem Glück, diesem Gift ...» ebenfalls, zumindest sinngemäß, der eigenen Biographie entnommen sind. Turgenjew wahrte ein Leben lang eine gewisse Distanz und nahm sich erkennbar in Acht, wenn die Bindung zu einer Frau zu eng zu werden drohte. Und wenngleich er einmal sagte, dass er Pauline Viardot ganz gehört habe, «wie ein Hund seinem Herrn gehört», so wusste er doch von vornherein, dass sie verheiratet war und ihm selbst «nur» die Rolle des Dritten im Bunde zufiel. Das Erlebnis der abrupt, ja tragisch endenden ersten Liebe des fünfzehnjährigen Wladimir/Iwan konnte sich unter diesen Bedingungen nicht wiederholen, die verschwommenen Sehnsüchte, die Idealisierung und Überhöhung einer geliebten Frau aber sehr wohl.

Auch wenn es trivial klingen mag: «The first cut is the deepest», wie es in einem Song von Cat Stevens heißt – eine schmerzliche Erfahrung seit Jahrhunderten.

Berlin, im Juni 2018 Vera Bischitzky

1 Hier und an allen anderen nicht eigens nachgewiesenen Stellen wurde aus russischen Quellen zitiert.

2 Ludwig Pietsch, Wie ich Schriftsteller geworden bin. Der wunderliche Roman meines Lebens, hrsg. von Peter Goldammer, Berlin 2000.

3 Edmond und Jules de Goncourt, Journal – Erinnerungen aus dem literarischen Leben 1851–1896, hrsg. von Gerd Haffmans, übers. von Cornelia Hasting, Petra-Susanne Räbel und Caroline Vollmann, Leipzig 2013.

4 Gustave Flaubert/Ivan Turgenev, Briefwechsel 1863–1880, hrsg. von Peter Urban, übers. von Eva Moldenhauer, Zürich 2008.

5 Edmond und Jules de Goncourt, Journal.